機械人形

降臨

DEAD GAME
0000003

白修宇_

有著沉重黑暗的過去，痛恨白家。外表看似溫和有禮，
事實上極為冷漠，只在乎自己所重視的人。

_黑帝斯

來自異空間的機械人形，性格高傲而自信，
即使是面對自己所選擇的主人白修宇也只是口頭上的尊敬。

李政瑜_

陪伴白修宇長大的好友，同時也是白修宇的護衛，
在知道白修宇被迫成為機械人形黑帝斯的主人後，
毫不猶豫的成為白修宇的「防禦」助手。

_楊雪臻

：喜歡白修宇的女孩，極有自我想法。
由於其父為傭兵出身，教導她許多格鬥技巧，
因此成為白修宇的「攻擊」助手。

_霍雷

撒蒂雅戰鬥員，看似自大，但其實說白了是個單細胞
生物。

安吉雅_

撒蒂雅戰鬥員，儘管因為親妹之死而悲痛欲絕，
卻強忍住心中傷痛，試圖找出Z173號完成妹妹遺願。

_拉爾

撒蒂雅戰鬥員，比起自己更加重視同伴，
因此在霍雷受傷後，
在未知敵人深淺之下仍按捺不住的出手攻擊。

江宸_

過去曾被至親背叛，因此造成他對於人類極大的不信任感。

_拉切爾

機械人形，擁有輔助系技能「預知筆仙」，
性格和善，但對於和主人的相處上近乎固執的遵守禮儀

目錄

005 第零章-父與子·針鋒相對
029 第一章-能力提升
045 第二章-回歸日常
061 第三章-主人來襲
083 第四章-王者降臨
101 第五章-疑問
117 第六章-三十年前
135 第七章-來自異空間的訊息
153 第八章-Mr.三陪先生
175 第九章-死亡
195 第十章-工具
213 第十一章-記憶迴廊
235 卷末附錄 1-設定集Ⅲ
241 卷末附錄 2-後記

DEAD GAME 0300

父與子・針鋒相對

這是一處陰暗的迴廊。

迴廊的兩側牆壁雕刻著複雜卻又典雅的奇怪文字，而文字中又透出些微白光，使得這條迴廊雖然陰暗，但卻不至於伸手不見五指。

驀地，迴廊的另一端響起一陣陣沉重的腳步聲，沒有多久，一名穿著暗紅色軍服的挺拔青年出現在走廊的另一端。

青年看起來不過才二十出頭的模樣，臉部剛硬的線條無聲地表達出一股不屈的意志——亞克歷斯。

亞克歷斯的視線筆直，似乎沒有任何事物可以扭曲。

亞克歷斯的腳步在迴廊的盡頭停下，那是一扇十分厚重的鐵門。他看著那扇鐵門，本來筆直的視線緩緩低垂，表情竟讓人覺得寂寞。

亞克歷斯長長地吐出一口氣，再抬起頭時，剛才的脆弱已經消失無蹤。

他伸出手，掌心對準鐵門中央，頓時鐵門射出一道十字璀璨光芒，然後只聽喀嚓一聲，鐵門緩緩開啟。

一間四面都是鐵壁的牢房，四周刻滿了密密麻麻的神祕文字，數量顯然比之前的迴廊更多上好幾倍，但透出的白光依舊稀微。

一個穿著拘束衣的男人，全身被刻滿文字的鐵鍊束縛，高高地吊在半空之中。

那個男人的長相就像是亞克歷斯十年後的模樣，更為成熟，只是看起來有點憔悴，褐色的頭髮有一大半都發白。

——金色神風，席格。

席格虛弱地抬起了頭，對上亞克歷斯的視線。

「……你又來了。」

「我又來了。」

席格的嘴角揚起一抹冷笑，「又是來聊天?呵，亞克歷斯，我的孩子，背叛撒蒂雅聖女，加入帝國之後你的智商好像直線下滑了許多。」

亞克歷斯說道：「我沒有背叛撒蒂雅，因為我從來沒有對那個女人奉上我的忠誠過。席格，你不也是和我一樣嗎？」

「……」他沒有作聲，默認亞克歷斯所說的話。

「我是你的孩子，席格，我比誰都明白你。比起那個裝飾用的聖女，你更在意的是人民的安危，所以你才會勉強自己接受了那麼多次的肉體強化手術……我沒記錯的話，你第一次施行強化手術是在八十年前，也就是在我出生的四十五年前吧？」

「就算是最強壯、最優秀的士兵，一生當中最多也只能施行五次的肉體強化手術，再多就會對身體造成無可彌補的損壞……席格，需要我幫你統計你總共施行了幾次手術嗎？」

「十三次，席格，不是三次，而是十三次。」亞克歷斯凝望著席格毫無血色的面容，說道：「肉體強化手術每十年實施一次，將士兵的肉體狀況維持在巔峰時期，而當士兵停止繼續施行手術之後，如果沒有意外，士兵可以平安健康地活到老死，完全不再需要為疾病所困，這是獻給長久保護人民的士兵一份最大的禮物。」

亞克歷斯沒有任何表情的臉令人心驚肉跳。

「但是一旦接受太多次的手術，就會給身體帶來難以言喻的傷害，最輕微的狀況是身體產生劇烈的疼痛……而最糟的狀況，就是造成肉體變異、崩壞，逐漸成為非人的存在——或者說是怪物更貼切。」

席格沉吟道：「……那又怎麼樣？就算經歷了那麼多次手術，我還是活得好好的。」

頓了一頓，他神色嚴厲地瞪視著亞克歷斯，「不要推卸你的軟弱，你不過是害怕手術可能帶給你的傷害，不過是想追求更強大、強大到不是人類所能擁有的力量，所以才拋棄了需要你的人民！」

說到最後，席格的一言一語無不帶上強烈的指責。

亞克歷斯曾是他無比自豪的孩子，他心愛的妻子拼上性命，為他生下的唯一孩子。

但他不懂得如何疼愛一個孩子，他只能嚴格教導亞克歷斯所有關於戰鬥的方法，這是一位貧窮的父親能送給自己的孩子最可貴的禮物。

而亞克歷斯的優秀表現也讓席格認為他的決定沒有錯，他的孩子跟他一樣，都是一名天生的機甲戰鬥員。

席格一直以為亞克歷斯會繼承他的衣缽，直到某一天晚上亞克歷斯的身影從基地失蹤，再出現時，他已經站在帝國的那一方，無情地殘殺之前的戰友……

「我並不是軟弱，而是懂得審時度勢。」亞克歷斯好似漫不經心地說著：「席格，你這麼堅持有意義嗎？撒蒂雅雖然是聖女，但是我們這群人都心知肚明，那不過是長老們所豎立的一個象徵罷了。」

「聖女一代傳承一代，她們的存在只是為了凝聚我們的戰鬥力和帝國對抗，其實聖女並沒有任何力量，甚至是隨便一個平民也能夠殺死她。」

席格驀地瞳孔一個收縮，說道：「就算歷代的撒蒂雅聖女都沒有一點力量也無所謂，你不能否定她們為了整合力量所付出的努力。」

「撒蒂雅能夠凝聚人心，卻無法提升戰鬥員的實力，你也明白這一點，所以你才會一次又一次地施行肉體強化手術，成為人民心目中永垂不朽的『金色神風』，賦予人們不要放棄希望的勇氣。」

亞克歷斯的視線直直地望進席格的眼底，宛如要穿透他的靈魂。

「席格，你剛才說你活得好好的……一個活得好好的人會總是躲藏在無人發現的地方嘔血，會總是在夜深人靜的時候縮在角落裡全身痛得顫抖嗎？」

席格語調平緩地說道：「這麼一點代價能夠換取我繼續戰鬥，我欣然受之。」

亞克歷斯冷漠地笑了起來，「席格，你可以接受，我卻沒有辦法。」

「撒蒂雅軍已經不是原來的撒蒂雅軍了，長老會已經被權力和財富侵蝕了他們的心靈，被撒蒂雅軍保護的人民們不知感恩，只知道一再地苛責，企圖從軍方那裡索取到更多的好處，可是卻從未想過付出……」

「為了這種不值得保護的人們一而再、再而三的勉強自己施行改造手術，席格，我沒辦法像你一樣那麼偉大！」

綑綁席格身體的鐵鍊發出激烈的碰撞聲響，四周原本稀微的白光忽然開始閃爍了起來，這代表席格的內心受到衝擊。

「亞克歷斯，我從沒有要求你必須跟隨我的腳步！我教導你那些技巧，也只是希望你能夠活下來而已！」

他或許不是一個懂得如何疼愛孩子的父親，可他從來沒有希望亞克歷斯將來變得跟他一樣，除了戰鬥的硝煙以外一無所有，所以他才會一次又一次地接受改造手術，希望在他的生命結束之前，能給他的孩子帶來和平的世界！

「……是嗎？那都無所謂了，反正我已經成為近衛軍的一員，不必再忍受那些低賤卑劣到讓我想吐的人了。」

亞克歷斯微微敞開了雙手，眼底眉梢散發出的光芒宛如一名虔誠的信奉者，「可是君王就不同了，君王擁有無可撼動的力量，而力量決定一切！那些人所追求的權勢、財富對君王來說什麼也不是，君王本身就是至高無上的存在。」

「席格，那個Z173號的事情你真的以為君王會不清楚嗎？君王是故意放過Z173號，因為君王知道你們再怎麼掙扎，都不過是他用來打發時間的棋子罷了！」

鐵鍊的激盪聲漸漸隱沒，席格臉上第一次出現近乎絕望的表情，但他的聲音仍是無法放棄般地帶上一絲希望。

「你的話是什麼意思？」

亞克歷斯殘忍地笑了起來，說道：「你明白的，席格。汲汲營營所追求的一線希望，最後竟然發現那不過是個笑話……席格，你想安吉雅如果知道這件事，會不會崩潰？她心愛的妹妹為了這麼一個笑話被殺，屍首被掛在城牆上風吹雨淋，而她為了顧全大局，什麼也不能做，只能每日每夜祈禱她妹妹的靈魂能夠得到救贖！」

「亞、克、歷、斯！」

席格怒紅了雙眼，全身不可抑制地顫抖，彷彿眼前這個人再也不是他的孩子，而是他生生世世的仇敵！

亞克歷斯語氣一變，輕柔的嗓音像是惡魔的誘惑。

「席格，放手吧，不要再執著了……那些人根本不值得你保護，我才是最需要你的人不是嗎？畢竟我是你唯一的孩子啊。」

「違背了信念，叛離了道路……」席格狠狠一個咬牙，瞪視著他曾經無比自豪的孩子，「亞克歷斯，我寧可——寧可你從未被生下來過！」

「但很遺憾，我已經站在這裡了。」亞克歷斯疏離地一笑，「所以說，今天的談話又是以不愉快這三個字落幕了？」

「席格，不要逼我放棄你……你應該相當瞭解法修是多麼渴望和你一戰，而你也絕對不是他的對手。」

席格堅定地冷冷回答：「只要能夠貫徹自我的道路，即使投入死神的懷抱也無須畏懼——亞克歷斯，這是我曾經教導過你的，你忘記了嗎？」

「好吧，看來今天得到此為止了，不然我很擔心在完成君王交給我的任務之前，我就會先忍不住把你扔給法修。」

亞克歷斯轉身往門口的方向走，忽然腳步一停，說道：「席格，告訴你一個好消息吧，安吉雅他們已經找到Z173號，也和Z173號的主人達成共識——一同為反抗帝國而行動了……不過這個消息對現在的你來說，好像已經算不上什麼好消息了吧。」

身後再度傳來鐵鍊激烈的相撞聲，亞克歷斯步出鐵門，隨即沉重的轟隆一聲，鐵門重新關閉。

覺。

亞克歷斯低垂著頭，雙眼緊緊閉起……有那麼一瞬間，讓人有種他在哭泣的錯

猛地，亞克歷斯用力扯下胸口的徽章，似乎想要將它狠狠砸碎般地高舉了起來，可僵持許久，他仍是將手放了下來。

「只要能夠貫徹自我的道路，即使投入死神的懷抱也無須畏懼……」

喃喃重複著這句話，亞克歷斯張開緊閉的眼睛，將徽章別回胸口，面上再也看不出一絲情緒。

「唉啊，糟糕，我剛剛好像看到我們的新晉騎士亞克歷斯大人想要把徽章丟掉呢。」

看到突然從轉角處走出的邪肆男子，亞克歷斯輕輕地一個挑眉。

「法修，你跟蹤我？」

「我喜歡跟蹤你的感覺，很刺激，隨時都要擔心被你發現。」法修隨意地靠在牆

壁上，說：「畢竟你是被那個人格外寵愛的新晉騎士啊……我這個失寵的男人心裡可是非常的嫉妒你呢。」

面對法修的尖銳，亞克歷斯只是淡淡地回答：「你說笑了，我王並沒有對我特別，他公平而仁慈地對待每一位騎士。」

「是這樣嗎？」

「是的。」

「哦……原來在你心裡那個人是這麼好啊，難怪他對你那麼寵愛了，畢竟像你這種硬梆梆的人說出的甜言蜜語反倒格外好聽呢，連我都忍不住心動了。」

「謝謝你的讚美。」亞克歷斯低頭說道。

「不用客氣。因為即使你真的很令人心動，我還是沒有忘記你剛剛想把徽章丟掉的那個動作……那可是那個人賜予你的榮耀呢，你居然想把它丟掉，而且還是在見過金色神風之後。」

法修凝視著面無表情的亞克歷斯，嘴角勾起猙獰微笑。

「虛偽的騎士，我一直以為你的演技應該要很好，無時無刻都要把面具戴好才對啊。」

「……我不知道你在說什麼。」沉默片刻，亞克歷斯以平板且毫無起伏的音調說：「什麼想要把徽章丟掉，法修，你最近的任務很繁重嗎？你的精神狀況似乎不太好，連幻覺都出現了。」

法修愣了一愣，隨即低低笑出了聲。

「呵呵呵……亞克歷斯，你果然很特別呢，下次我會記得錄影，畢竟口說無憑，不是嗎？」

法修伸手摘下了自己胸前的徽章，在掌心上拋啊拋的，猛地用力握起，下一秒一簇紅火從他的掌心竄出，將徽章燒成一堆殘渣。

「這種東西事實上一點意義都沒有。」法修朝他笑了一笑，鬆開手，任由那堆殘渣碎屑掉落地面。

亞克歷斯的眼神微微一沉，「法修，那是我王賜予你的榮耀。」

「榮耀啊……藉由他人的認同好用來自我滿足的虛榮，很無聊無趣又沒用的東西，與其要這種東西，倒不如給點獎金之類的來得實際，亞克歷斯，你不這麼覺得嗎？」

「我的看法並不重要，重要的是我王的看法，你可以將這個想法稟告我王，由我王來決定。」

「唉啊，亞克歷斯，你明明知道這種建議會讓我丟了這條命，居然還鼓勵我去做……」法修按著胸口，一臉哀傷地搖搖頭，「你真是太狠、太殘酷了，枉費我把你當成了朋友呢。」

「……」亞克歷斯沉默。

法修臉上的哀傷也沒有保持多久，很快地他的嘴角揚起，邪肆一笑：「呵，對了，你打算什麼時候背後捅那個人一刀？」

「要捅的時候通知我一聲，好讓我去捅你背後一刀，然後再讓那個人也捅我背後一刀……這樣就形成一個圓滿的三角形了。」

法修的手指在半空中畫出一個火焰的三角形，「我捅你、你捅他、他捅我……這樣互相捅來捅去的關係真是健康又美好，對吧？」

聽著法修的謬論，亞克歷斯冷漠的表情依然不變，只是緩緩開口道：「法修，我是屬於我王的騎士，我永遠不會對我王刀刃相向……我知道你還無法信任我，畢竟我出身叛軍，但是我會讓時間證明我的忠誠。」

「你誤會我了，亞克歷斯，我一直都是相信你的。」法修說著，腳底踐踏徽章化成的碎屑，笑得越發迷人燦爛，「我真的很相信你，除非哪天太陽從東邊出來了，我才會懷疑你。」

「法修。」

「嗯？」

「太陽一直是從東邊昇起。」

他握拳擊掌，一臉恍然大悟地說：「太陽是從東邊昇起的啊？原來我之前都搞錯了，看來我的方向感不太好呢。」

這根本不是方向感好不好的問題，法修理所當然地用明顯拙劣到可笑的藉口來回應亞克歷斯剛才的謊言。

「法修，現在比起信不信任我的問題，我想你似乎更需要操心另一件事情。」亞克歷斯的目光緩緩往下，「就算我王所賜予的徽章對你來說只是藉由他人的認同用以自我滿足的虛榮，但你這樣做，似乎太過分了一點。」

「是嗎？嗯，我也覺得似乎好像是過分了那麼一點。」法修反手一轉，手心上又是一枚與先前一模一樣的徽章。他朝亞克歷斯露出大大的笑臉，「所以我這裡還有呢。」

「你做了贗品？」亞克歷斯平穩的聲線第一次有了波動。

「燒掉的那個應該是贗品，這個應該也是贗品。」法修將徽章別上胸前，表情無辜地說道：「為什麼會用應該呢？因為在拿到徽章的第一天，我就請人專門幫我做了一百打的備用品……然後很糟糕的是我一個不小心把它們混在一起，完全搞不清楚到底哪一個是真的了呢。」

「所以亞克歷斯，萬一哪天你不小心把徽章弄丟了也不要緊，我這裡有很多，歡迎你隨時來拿。」

「謝謝你的好意，不過我王賜予的榮耀我會以生命捍衛。」

法修惋惜似地嘆了一口氣，「亞克歷斯，認真是一項優點，但太認真也不好，尤其是那種根本不可能實現的認真……當然，你要把它實現我也不介意，這樣下次我好努力破壞你的徽章。」

「……」亞克歷斯再度沉默。

「唉啊，亞克歷斯，你又認真了，我只是開個小玩笑，促進一下我們兩個人疏離的感情。」

如果法修的眼中不是毫不遮掩的冰冷殺意，也許亞克歷斯真的會認為這只是他開的一個小玩笑。

自他加入帝國軍，法修對他的敵意便從來沒有消失過，而這份敵意在君王授予徽章並賜給他力量時變得更加強烈而直接，就連在君王的面前依然同樣肆無忌憚地表現出來。

君王訓誡過法修許多次，但法修依然如故——可是也由此看得出來，法修在君王心目中的地位是多麼之高，哪怕法修狂妄不羈，一再地挑戰王權，君王卻都是包容以對。

亞克歷斯低垂的眼簾下，一絲寒光急速地掠過冷然無波的眼瞳。

儘管君王接受了他的忠誠，而在他俘虜席格之後近衛軍們都逐漸放下戒心，開始信任他，但法修對他的敵意與懷疑猶如附著在他背後的一根芒刺，如影隨形地纏著他不放。

好死不死的又讓法修看見剛才的那一幕……看來他還是太不成熟了。

不幸中之大幸是法修也只是看見罷了，以法修縝密仔細的性格，在沒有得到足以令君王信服之證據的情況下，絕對不會輕易對他採取動作。

畢竟他可是親手俘虜了席格，並且將他獻給君王。亞克歷斯在心中對自己嘲笑著。

「如果可以的話，其實我還想拜訪一下金色神風，跟他聊聊你的事情，好多瞭解你一點，這樣也是促進情誼加深的一種管道對吧？」唇一勾，法修諱莫如深地衝亞克歷斯笑了笑，「不過我想你同意的可能性好像不高呢，不然也不會設下那麼多重的警戒，害我上次來的時候吃了很大的虧。」

「這是我王的意思，我只是遵循我王的命令，那些警戒是為了不讓金色神風有逃跑的機會，並不是特意針對你。如果你想見金色神風，只要取得我王同意，我一定放行。」

法修嘖嘖兩聲，搖頭說道：「左一句我王，右一句我王，不知道是不是我想太多了？我總覺得你好像在拿那個人壓我呢……新歡聖眷正濃，叫我這個舊愛情何以堪啊。」

「我沒有這個意思，但這是我王的命令，我只想做到最好。」

「所以那個人真是太寵愛你了，將金色神風交給你負責，讓身為人子的你能夠好好照顧父親。唉，看得我既嫉妒又羨慕呢。」

「我王只是希望能夠收服金色神風，畢竟他是叛軍那邊的重要人物，其影響力不下於『撒蒂雅』這個名字所代表的意義。」

亞克歷斯靜靜地說著，筆直注視前方的視線深沉而銳利。

「只要金色神風臣服於我王足下，誓言效忠我王，叛軍分崩離析的那一天便不遠了，即使是這一任的撒蒂雅也無法挽回金色神風所造成的衝擊。」

「呵，那個人總是以馴服劣馬為樂趣，你說是吧？」

亞克歷斯一雙深沉的眼眸依舊不起波瀾，「我王的考量是正確的，兵不血刃地收服叛軍才能成就帝國最大的利益。只要世界統一，下一步便能發起界面戰爭，征服其他界面世界，將帝國的榮光照耀在各個角落。」

法修看似極為贊同地點頭，「嗯嗯，說得真好，士兵的存在是為了戰爭，騎士的存在是為了掃蕩荊棘。那個人最喜歡的就是攻擊、攻擊、再攻擊，完全不理會是否需要防禦的問題，所以想從背後捅他一刀，真的是非常容易——吶，亞克歷斯，你真的不考慮捅捅看？」

「我王擁有令所有人都為之震懾的力量，不會有人愚蠢到試圖挑戰我王的權威。」亞克歷斯用沉穩的聲調回答，只是收攏的指尖慢慢刺入掌心。

法修聳了聳肩膀，感慨道：「好可惜啊，我真的很想要建立我捅你、你捅他、他捅我的健康三角關係。」

「那麼，我只能對你說：很遺憾，非常抱歉。」亞克歷斯右手放在胸口上，微垂下頭，表示他的歉意。

「我接受你的道歉。」法修笑著，以一副理所當然的姿態接受了亞克歷斯的道歉，「話說回來，你真的不打算拿幾個徽章放著用嗎?你想想看，胸口掛一個，手裡拋一個，腳下踩一個，感覺就很爽快吧。」

「……」亞克歷斯沉默地邁開了步伐。

「好吧，不開你的玩笑了，跟蹤你是我的主要目的，但還有另一個次要目的——來自那個人的命令。」

法修的聲音從後方悠悠傳來，一聽到命令這兩個字，亞克歷斯立即停下腳步。

「第一階段晉升條件修改，所有未達到晉升條件的主人將聚集起來進行汰弱留強的第一階段決戰。」

「由於規則臨時修改可能會造成系統衝突上的 BUG，因此需要派遣三名近衛軍進入決戰地監察，即時修正因 BUG 而導致的錯誤。」

亞克歷斯一個皺眉——規則臨時修改？

法修一臉似笑非笑地說：「那個人真是隨心所欲習慣了，臨時修改規則，也不怕那些地球人反彈……呵，也真的沒什麼好怕的呢，規則存在的意義在於將之破壞時產生的快感，無法破壞規則的弱者注定只能順從強者制訂的規則而生存，除非不想活了。」

對於法修的規則破壞論，亞克歷斯沒有發表任何意見，只是緩緩開口問：「要派遣去地球的人選決定了？」

「還沒有，所以這才是這次命令的重點啊。」

似乎想到什麼有趣的事情，法修笑得相當開心，「吶吶吶，亞克歷斯，你想這次會派哪幾個人過去？」

「身為騎士，只需遵照我王的旨意決定。」亞克歷斯語氣淡漠地回應。

「其實我已經準備好籤了，你說我該不該建議那個人這次用抽籤決定？用抽籤的方式……啊，對了，是這麼說的吧？」法修握拳擊掌，說：「誰抽到誰倒楣，一切就交給偉大的命運決定。」

「……」亞克歷斯再度提起停頓的腳步，挺拔的身影逐漸消失在走廊的另一端。

DEAD GAME 0301
能　力　提　升

溫暖的陽光灑落在潔白的床鋪上，小小的身影嘟噥了幾聲，臉蛋往被窩裡藏了進去。

討厭的陽光，就算眼睛閉得緊緊的，還是會覺得亮。

過了好一會，刺耳的鬧鐘噹噹噹地吵鬧起來，康則才從舒服柔軟的被窩中掙扎爬起，按掉發出吵雜聲響的鬧鐘。

「七點半了……」康則看了一下鬧鐘上的時間，揉揉帶著睡意的眼睛，打開房門走了出去。

「光哥哥、光哥哥？」

走到樓下，一片靜悄悄的，康則疑惑地四處張望，通常這個時候光哥哥和拉奇都會在樓下等他一起吃早餐的啊……

鼻間聞到一陣熟悉的香味，康則興沖沖地跑到了廚房。

「哇，蛋包飯！」

看到餐桌上加了許多蕃茄醬、香味四溢的蛋包飯，他歡呼一聲，馬上竄到椅上拿起湯匙，就在他準備開動的時候，卻又硬生生地停住。

「不行，我要等光哥哥回來一起吃，光哥哥看到我這麼乖，等他一起吃飯，他一定會很高興的！」

康則用力地點了點頭，將湯匙放回桌上，端端正正地坐好，一雙圓圓的大眼不時地往玄關的方向望去，等待著那扇大門打開的聲音。

康則猜，他的光哥哥一定是帶拉奇去附近散步了，很快就會回來的。

光哥哥看到他這麼堅持地等他一起吃早餐，一定會揉揉他的頭髮，誇獎他是個好孩子……

一想到這裡，康則的兩隻眼睛彎彎勾起，一張小臉上綻開大大的笑容。

白修宇靜靜地注視著那道安靜的門扉，直到一陣手機鈴聲響起。

「是我，政瑜的情況怎麼樣了？嗯……好，我這邊的事情也已經結束了，馬上就過去，妳要是累了，就先休息吧，不用等我了。」

白修宇最後再望了門扉一眼，他似乎看見了光溫柔地笑著抱起康則，拉奇繞著他們兩人開心地轉來轉去……

只是這一切，再也不會回來了。

時間經過半個月，李政瑜的復原狀況非常良好，好到醫生瞠目結舌，無法相信半個月前還在生死邊緣打轉的小伙子現在居然已經能夠下地，三不五時地還和楊雪臻在醫院上演你追我打的鬧劇。

白修宇坐在病床邊，看似假寐休息，其實是在心裡整理近日來所獲得的種種資訊。

——除了檯面上的規則之外，其實還有一條由機械人形自行決定何時要告知主人的隱藏規則：在「同步」完全融合後，主人才可以開啟機械晶片中特殊技能的使用。

規則中並沒有限定機械晶片必須在整個勝利條件成立之下才能取得，如果想要收集機械晶片，那麼只要讓勝利條件無法成立就行了。

這樣無法讓劍取得進化，可是卻能獲得對方的一種技能和三分點數，如此一來，將有更充裕的時間增強自我實力。

真是糟糕啊……

白修宇微微苦笑，君王制訂的規則漏洞多到讓人覺得就像是超市的拍賣大特價似的，大部分的機械人形應該都會在一開始就告知他們的主人關於第六條規則吧？至於能不能發現規則之中的漏洞，那就是在比腦力激盪了。

黑帝斯之所以沒有在一開始就告訴他第六條規則，是因為黑帝斯覺得還沒有那種必要……不過從黑帝斯的獨斷性格來看，會發生這種事情一點也不奇怪。

「修宇，你這裡快可以夾死一打蒼蠅了。」躺在病床上的李政瑜比了比自己的眉間，瞇著眼睛滿臉笑意地說。

「你說的太誇張了。」臉上的凝重斂起，李政瑜的誇飾法讓白修宇莞爾失笑。

「本來我還想你是不是在睡覺，可是你的眉頭卻越皺越緊，怎麼看都不像睡著了，反倒比較像在思考什麼事情。」

「只是在想一些關於規則的事情而已……不過想了想，又覺得自己想那麼多也沒有用，有黑帝斯在，總覺得只能用順其自然這四個字應付之後的事情了。」白修宇語帶無奈地說。

李政瑜大大地嘆了一口氣，「你說得對。黑帝斯那個傢伙太討厭了，自大又狂妄，攤上這麼一個混帳機械人形真是不幸。」

「好了，別再說這些讓人不開心的事情了，都快中午了，我出去買飯吧，你有特別想吃的嗎？」

「我想吃你上次買的那海苔便當，那梅子挺配飯，真不曉得怎麼醃的。」說著說著，李政瑜突然笑了起來，「哈，要是給大姊看到你幫我買便當，她一定會火大得把我從醫院頂樓丟下去。」

看李政瑜笑得那麼開心，白修宇無奈地搖了搖頭，說道：「那我出去了，等一下就回來。」

「啊，修宇，等一下。」

「還有什麼事嗎？」白修宇困惑地一個歪頭。

「楊雪臻那個猩猩女的便當就不要買了，她回去拿個換洗衣物拿到現在還沒回來，有夠沒效率的……」李政瑜撇過頭，故作鎮定似地咳了幾聲，說道：「不過如果你還是想替那隻猩猩女買的話，她早上回去的時候有說她想吃壽司，要是有的話，你就順便幫她帶個壽司便當之類的東西吧。」

白修宇一愣，隨即露出一抹微笑，「我知道了。」

似乎是感到不好意思，李政瑜把棉被一拉，蓋住了他整個人。

對於某人這種幼兒化的舉動，白修宇雖覺好笑，但是難得李政瑜對楊雪臻露出如此貼心的一面，他也不會出言打趣，免得李政瑜的這份貼心變成曇花一現。

嘴角帶著笑，白修宇轉動門把，但當他一打開門，那笑容瞬間凝結在臉上。

一名年約三十多歲的成熟男子面無表情地站在門口。

「我正打算敲門。」

男子的聲音平板，沒有摻雜任何一點情緒。

白修宇的腦袋一片空白，好一會過後才恍然回神，嘴唇翕動，「你……你來做什麼？」

「修宇，是誰來了？」

那名男子見白修宇一動也不動地擋在門口，依然面無表情地說道：「讓開。」

白修宇瞪著男子咬了咬牙，心裡很不想讓李政瑜見到這個人，可是他卻也深知這個人絕對不會無緣無故離開白先生……掙扎許久，白修宇最後仍是退開了一步。

一看到走進病房的男子，李政瑜本就蒼白的臉色更加難看了。

「爸……」

李胤掃了全身不是繃帶就是石膏的李政瑜一眼，說道：「你受傷躺在床上的這段時間，打算讓那個叫做楊雪臻的女孩子代替你保護少主人嗎？」李胤口中的「少主人」，指的自然是白修宇了。

李政瑜渾身一震，蒼白的臉上浮現嘲諷的笑容，「關你什麼事情？你不跟在白先生的屁股後面，跑來這裡幹什麼？」

李胤的表情沒有浮現波動，「主人要我送東西過來給你們。」說著，他從口袋裡掏出一個不過手掌大小，包裝精美的禮盒。

李政瑜皺起了眉頭，不過還是主動接過了李胤手中的小禮盒，動手拆開——在看清小禮盒內裝的「禮物」時，李政瑜和白修宇的臉色同時一變，小禮盒中裝著的，居然是沾滿血跡的十片指甲！

這十片指甲修得相當整齊細緻，可以想見主人之前是多麼地愛護它們，而從指甲片的大小來看，它們的擁有者很有可能是位女性。

李胤接下來的話，也肯定了這個事實：「你的姊姊，一向很愛護這種無所謂的東西。」

李政瑜渾身一震，一股無法言喻的憤怒猛地沖上他的大腦！

「什麼我的姊姊？大姊是你的女兒，她是你的女兒！你怎麼、你怎麼可以這樣對她！」李政瑜緊緊抓著手中的盒子，指甲片上乾掉的血跡狠狠刺痛他的眼睛。

「那又怎麼樣？」

李政瑜牙一咬，五官扭曲地吼道：「什麼那又怎麼樣？我最恨的，就是你這副一點也不在意的樣子！」

相對於李政瑜的激憤，李胤依舊眉不挑眼不動，聲音不帶一點平仄起伏，「你的憎恨對我來說沒有任何意義。」

「你——」

「政瑜，好了。」

白修宇壓住想要從病床上跳起的李政瑜雙肩，瞪著李胤說道：「再給我們三天的時間，等政瑜可以下床行走，我們馬上回去……大姊是因為我的任性才會幫我拖延時間，請你轉告白先生，任何的懲罰我都願意接受。」

「修宇！」李政瑜臉上的著急顯然易見。

「既然這樣，我會如實轉達給主人，希望你說到做到。」

李胤這次前來，似乎只是為了警告而已，因此一得到白修宇的保證，他便立刻走向門口，竟是一刻也不願意多做停留。

0101001011110011
1001110001

「混帳！混帳混帳混帳！去他媽的混帳！」李政瑜重重地搥打了病床幾下，眼眶卻毫無預警地掉下眼淚，他用雙手遮蓋住眼睛，不想讓白修宇看見他此時跟個女人似地難看脆弱的模樣，可是不停流出的淚水卻從手掌間的細縫滑落。

——並不是每個父母都會理所當然地愛著孩子。李政瑜早就告訴過自己，不要對李胤有所期待……但每當他一次又一次地見到李胤，他仍是會一次又一次地失望。

因為，他還是忍不住期待了。

白修宇凝視著李政瑜，垂放在兩側的手掌緊緊握起成拳，要不是他的任性，李靖芸也不會發生這種事情……內疚、自責，種種負面的情緒宛如毒素一般地在白修宇的心中蔓延開來，他低垂下眼簾，根根分明的睫毛輕輕顫動。

楊雪臻踏入病房時，只覺得空氣凝重的讓人幾乎要喘不過氣來。

「發生什麼事情了？」

李政瑜連忙用手背胡亂地擦去淚水，把幾乎要掐爛的禮盒塞到枕頭底下，「什麼什麼事？沒有什麼事哪來的什麼事？要說有什麼事就是妳怎麼現在才回來？」

楊雪臻其實已經看見李政瑜臉上的淚水，也看見他把東西藏起，不過她假裝沒有發現，一如以往地和李政瑜抬槓了起來。

只見她雙手扠腰，一副標準潑婦罵街的姿勢說道：「我寧願去火星上觀光也不要聽你說這麼冷的繞口令！拿去，你的衣服！我肯去幫你拿換洗衣物你就該偷笑了，居然還一點也不害臊的跟我指定你要的內褲是哪幾件？讓我這麼一個女孩子幫你找印有貓咪還是蛇的內褲，你要臉不要臉啊？」

「女孩子？」李政瑜眨眨眼睛，左看右看上看下看，最後視線轉回楊雪臻的身上，眼中充滿了疑惑，「這個房間裡哪來的女孩子？我只看見一隻猩猩女而已啊。啊，不對！猩猩只分公的和母的，我要說母猩猩才對！」

「我說母猩猩啊，妳就算聽不懂人話，也該看得懂圖畫吧？什麼貓咪啊、蛇的，明明是老虎和龍好不好！」他臉不紅氣不喘地把內褲一件一件地攤開，大大刺刺地展示在花樣年華的楊雪臻面前。

「李、政、瑜！你不要以為你是個病人我就不敢揍你！」她咬牙切齒，鐮刀霍霍向豬頭！

白修宇眼見又要上演全武行了，無奈地嘆息了一聲插到兩人中間，向楊雪臻說道：「雪臻，雖然有點突然，不過我決定三天後回去。」

楊雪臻深深地吸了口氣，雖然每次和李政瑜說話都會破壞她的氣質，但是在修宇的面前，她至少要堅持住她的氣質！她沉吟了一會，說道：「這樣也好，跟學校請了那麼久的假，再不回去真的只能休學了。」

對於白修宇的這項決定，楊雪臻什麼都不打算問。

她的視線在他們兩個人間流轉了一圈後，突然開口道：「我出去買飯，你們應該也還沒吃吧？」

「嗯，雪臻，麻煩妳了。」白修宇淡淡一笑。

楊雪臻笑著搖搖頭，說了一句「不會」之後，轉身走了出去。

在楊雪臻走出病房後不久，李政瑜原本輕佻的表情轉瞬一變。

「修宇，如果你就這樣回去的話……隆一的事情怎麼辦？」

「我想過了，一直在日本瞎找下去也不是辦法。就算讓我找到了那個主人，現在的我也根本不是那個主人的對手。」白修宇坐在病床邊的椅子上，隨手拿起一顆蘋果開始削皮，「既然那個主人很強，那麼只要我一直戰鬥下去，一直晉級的話，一定就能遇見他。」

「可是——」

李政瑜張嘴還想苦勸，白修宇卻是打斷了他，「政瑜，要不是因為我的任性，堅決要留在日本不回去，大姊也不會發生這些事情……」他頓了一頓，聲音帶上幾許倦怠，「我知道你和大姊都想保護我，不過想保護你們的這份心情，我也是一樣。」

李政瑜揪緊身下的被單，眼睛裡急速地閃過一絲痛楚——想留在日本調查那個主人，只是這種程度的事情而已，根本不能算是任性！

但對白修宇來說，這已經是一種任性了，因為他把李靖芸牽扯了進來……李政瑜注視著始終似乎專注在手上蘋果的白修宇，什麼話也說不出來了。

DEAD GAME 0302
回　歸　日　常

三天後的中午，白修宇等人一出境，白修宇便看到戴著墨鏡、十指包紮著繃帶的李靖芸站在候客大廳等待著他們。

「大姊！」李政瑜顧不了還未完全恢復的身體，急急忙忙地跑到李靖芸身邊，執起她滿目瘡痍的雙手，忍不住紅了眼眶。

白修宇望著李靖芸的眼中，也滿是揮之不去的內疚，他蠕動嘴唇，想對李靖芸說的千言萬語到了嘴邊，全化成了最簡單，也最誠摯的五個字。

「大姊，對不起……」

李靖芸看著眼前這兩個強忍住淚水的少年，嘴角浮現出一抹柔和的微笑，「少爺，有什麼好對不起的？這不過是一點小傷而已，沒什麼大不了的。」

「政瑜，還有你，一副要死不活的表情做什麼？我告訴過你多少次了，男人一生當中只可以哭三次，一次是剛出生的時候，一次是死了重要的人的時候，最後一次是你後面的小菊花被奪走的時候，你都不記得了嗎？」

李政瑜露出了哭笑不得的表情，前面兩個聽著很正常，最後一個怎麼就變味了呢？他不由得無奈地說道：「大姊，先不說妳前面講的那兩次，就說最後那一次好了，我可愛的後庭小菊花怎麼可能會被奪走？要奪也是我去奪人家的小菊花吧？」

一旁的楊雪臻聽了，臉上黑線劃三條——重點不在於菊花被人奪走還是去奪走別人的菊花，而是基本上會把這個列入男人一生只能哭三次的原因裡就很奇怪吧？

李靖芸推了推臉上的墨鏡，一臉嚴肅地說道：「不管怎麼樣，我鄭重警告你，你可以去奪走別人的菊花，但是絕對不可以打少爺菊花的主意，只能少爺打你菊花的主意，知道嗎？」

對於李靖芸的厚此薄彼，李政瑜顯然也是無可奈何，頹喪地舉起右手發誓：「就算我敢打老虎還是獅子的小菊花主意，我也絕對不敢打少爺的小菊花主意。」

看著這對姊弟認真討論的模樣，楊雪臻已經不知道她該吐槽什麼了……

獲得勝利（？）的李靖芸心滿意足地點點頭，轉頭向白修宇說道：「少爺，我先載您回去您的租屋吧。」

白修宇一愣，問道：「他不是急著要我回來？」他不著痕跡地看了一眼李靖芸手上的繃帶，握起了拳頭。

李靖芸牽起嘴角，勉強一笑，「白先生只是不喜歡您一直待在日本。」只是不喜歡……白修宇苦澀地笑了起來。是了，他早知道那個人不喜歡他不受控制，但明知如此，他依然任性地留在日本，讓李靖芸遭受到本不應該由她來承受的懲罰。

李靖芸輕聲說道：「少爺，不管怎麼樣，我都是站在您這一邊的，我只希望少爺您能過得開心就好。」

白修宇低下了頭，只覺心中一陣酸楚。

李靖芸將白修宇等人送到租賃的公寓，叮囑了幾句要他們多注意身體之類的話後便離去。

注視著已經連車影都看不到的方向，李政瑜摳了摳臉頰，頗是感慨地說道：「大姊還是老樣子，忙到連坐下來喝杯咖啡的時間也沒有。」

楊雪臻也點了點頭，「明明都這麼忙，為什麼大姊還要來載我們？其實我們也可以自己搭車回來的。」聽久了大姊這個稱呼，她也跟著習慣這樣叫李靖芸了。

李政瑜一頓，無奈地苦笑了起來，「我說猩猩女啊，妳嘛拜託一下，幹嘛哪壺不開提哪壺？」

「什麼叫做我哪壺——」楊雪臻立刻反應過來，大姊忙成了這樣，卻還得在百忙之中抽出時間來接他們，如果不是大姊太過疼愛修宇，那只剩下一個解釋——是有人要大姊來接他們的，至於那個人是誰，楊雪臻用膝蓋想也猜得出來。

見楊雪臻忽然哽住聲音，李政瑜戳了戳她的額頭，說道：「知道了吧？那個人最喜歡做這種事情了。」

他嘲諷似地冷笑了一聲，「那個人就是故意要讓我們看見大姊手上的傷，讓我們心裡愧疚、自責，真是好一個無聲的示威，猩猩女，妳說對不對？」

楊雪臻瞬間沉默下來，無言以對。

回到住處，白修宇剛打開門，在看到屋內的擺設後，他們三人不由得同時一愣。

只是擺放著生活必需品的屋內，竟然已經被重新粉刷、裝潢過，家具全都煥然一新，原本光溜溜的木製地板上也被鋪上了一層繡工精美的地毯。

李政瑜錯愕地眨了眨眼睛，「我的眼睛沒有問題……修宇，你的屋子面積變大了，真的變大了……」

他的雙眼猛地閃閃發亮，握起拳頭興奮地說道：「見鬼了！會自己長大的屋子，這是多少人的夢想啊？這真是太棒了！修宇，我也想要『養』一間這種房子！」

楊雪臻毫不留情地往他的頭上狠K一記。

「這不是房間自己長大，而是打通了隔壁的房間連在一起了，養什麼房子？你乾脆養小鬼算了！」

李政瑜吃痛地叫了一聲，按著他被打的地方很是無辜地說道：「猩猩女，說話歸說話，不要那麼暴力好不好？我當然知道房子不會自己長大，可是偶爾就是要裝裝小白才顯得出人家的可愛嘛！」

去你的可愛！楊雪臻額暴青筋。

白修宇皺著眉觀察著門把，剛剛轉動門把開門的時候，他總覺得手感不太對勁，現在仔細一看，門把的色澤也同樣不太對勁。

「純銀。」

「什麼東西純銀？」李政瑜一聽到白修宇的喃喃自語，便很乾脆地丟下楊雪臻，回歸他心肝小寶貝的懷抱。

「門把，純銀的。」白修宇無奈地笑了起來。

「不會吧？純銀的門把？」

李政瑜滿臉驚愕，蹲在地上認真地觀察起這個原本不起眼的門把，居然在門把的內側看到了某家國際知名純銀製飾品廠商的商標。

李政瑜尼加拉瓜瀑布汗了，是誰把白修宇的屋子重新打通、裝潢的，這個不用猜也知道，當然是疼白修宇疼到連天上的星星月亮都摘下來也在所不辭的李靖芸了，可是不過是一個門把而已，有必要搞到這麼誇張嗎？

楊雪臻也跟著蹲到了地上，但她並不是想欣賞純銀打造的門把有多麼特殊別緻，而是認為既然連門把都誇張到被換成了純銀，那麼地板也很有可能不是鋪上一層地毯這麼簡單而已。

小心翼翼地掀開地毯，出乎楊雪臻意外的，居然是相當普通的木頭。

不對，有股淡淡的香味……檜木香？而且從木頭的質地和這種香味來看，還是非常上等的檜木。

正在感動於上等檜木的芬多精時，楊雪臻發現到地板的角落邊似乎還刻著幾個字

——為少爺犧牲奉獻，是檜木一生中最快樂的事情，請少爺盡情地踐踏我們，把我們踩在您高貴的腳底下吧！

「……」

「雪臻，地板怎麼了？妳的表情好像很……糾結？」考慮了短暫的三秒，白修宇才終於想到這麼一個適合楊雪臻現在表情的形容詞。

楊雪臻飛快無比地把地毯重新鋪了回去，朝白修宇燦爛地一笑。

「沒有，什麼事情也沒有，修宇，我們快點進去看看吧，大姊把屋子裝潢得很漂

亮呢。」

「哇靠，見鬼了！修宇，你快進來廚房看看！」李政瑜站在廚房門口興奮地上竄下跳著。

白修宇進了廚房，眼前瞬間一亮。

他的廚房以前只有擺放著最簡單的陽春配備，小冰箱、瓦斯爐和幾個鍋杓而已，可是現在不僅那些陽春配備換新升等，小冰箱變成了大冰箱，甚至還有了微波爐和烤箱……等等的進階配備，從家庭小廚房一躍變成了專業大師級廚房。

在場的另外兩人見白修宇的臉色沒有多大變化，但是一雙眼睛透出的光比太陽還耀眼，頓時低低偷笑。

大姊不愧是大姊，雖然分開了幾年，不過還是那麼清楚修宇的興趣啊。李政瑜暗暗感嘆李靖芸的用心。

發現自己過於失態，白修宇清咳了兩聲，表情帶著微微的困窘，「政瑜、雪臻，你們兩個餓不餓？」

雖然已經吃過機上餐點，不過看白修宇如此躍躍欲試的模樣，李政瑜和楊雪臻還是點了點頭。

「還真的有點餓，修宇，那麻煩你了。」楊雪臻笑著說。

「什麼有點餓？是很餓很餓！修宇，我快餓死了，你快煮好多好吃的東西給我吃！」李政瑜摸著他平坦的小腹，一臉可憐兮兮地說道：「我餓到肚子都快扁下去了。」

白修宇拿起掛在牆上的圍裙，眼中含笑：「你們先去客廳坐一會吧，我很快就做好。」

一貓一狗乖乖坐在客廳等待主人的餵食……當然在等待的過程中，無可避免的又是一陣貓狗大戰。

不過為了避免干擾到主人做菜的情緒，這兩隻貓狗互相用眼刀丟來丟去，最令人感到神奇的是他們居然能夠分辨出對方所要表達的意思。

——什麼肚子扁下去，你最好是快點啤酒肚！要討好修宇也不是這種討好法，不要臉的傢伙！楊雪臻朝他露出一記「我鄙視你」的手勢。

——我愛討好親親小修宇又怎麼樣？至少比某個明明沒氣質，卻又愛裝氣質的猩猩女好多了！李政瑜頭仰起四十五度角，從鼻子重重地哼了一聲。

「李、政、瑜！」眼刀談判破局，楊雪臻氣得雙手用力拍桌。

被點名的某人手肘靠在桌子上，一臉無聊似地用小指挖了挖耳朵，「妳看妳看，說妳沒氣質就是沒氣質，講不過英明神武的我就生氣。妳現在的鬼婆婆表情給十個人看，我保證十個人絕對都會嚇得退到千里之外。」

居然說我是鬼婆婆？你以為你是嫁給修宇當小媳婦了嗎？楊雪臻忍無可忍，唰地站了起來，指著一臉痞樣的李政瑜怒火沖天。

「我要跟你決鬥！」

李政瑜也毫不退卻地說：「要決鬥？沒問題，看妳要文鬥還是武鬥我統統都OK，隨便妳挑！」

剛走出廚房的白修宇，看到眼前是一幕即將展開的貓狗大戰……咳，龍爭虎鬥，不由得搖頭嘆氣，將手上的盤子分別放到兩人的面前。

「好了，不要吵了，我煎了牛排，先吃吧。」

他們兩人互瞪了對方一眼，同時撇過頭哼了一聲，才心滿意足地開始享用起白修宇的愛心結晶。

李政瑜數了數桌上的盤子——居然有四個？不會吧？

他不幸的預感很快實現，黑帝斯從白修宇的身上「滑」了下來，神情自若地坐在空著的位子上。

「修宇，猩猩女也就算了，為什麼你又準備這傢伙的份！」

白修宇從新設的酒櫃裡拿出了紅酒，說：「我在準備材料的時候，黑帝斯就說他也要一份，反正也不費什麼工夫，我就順便做了。」

「明明是一具破爛機械人，吃什麼東西嘛……吃吧吃吧，最好是吃到你壞掉！」

李政瑜用叉子叉起一塊牛肉丟到嘴裡恨恨地咀嚼了起來，就像他現在吃的是黑帝斯的肉一樣。

對於李政瑜虎視眈眈的視線，黑帝斯眉不挑眼不動，嘴邊帶著微笑，舉手投足如同行雲流水般，慢條斯理地享用著他的餐點。

過了一段時間，楊雪臻吃下最後一口牛肉，用餐巾擦了擦嘴角後，問道：「修宇，接下來你打算怎麼做？」

「明天開始，就先暫時繼續到學校上課。」想了想，他補充道：「不過可以的話，我們三個人盡量一起行動，因為有黑帝斯在，別的主人很容易偵測到我們的行蹤。」

三個人一起行動容易有讓別人一網打盡的顧慮，但是分開行動更是有被個個擊破的危險。

李政瑜幾個大口把盤子上剩下的牛排吃得一乾二淨。「既然有黑帝斯在容易被發現行蹤，那很簡單啊，把黑帝斯趕得遠遠得不就好了？頂多需要的時候打通手機召喚一下。」

「那是不可能的事情。」黑帝斯笑著，毫無商談空間地否決李政瑜的提案，「我拒絕離開主人超過十公尺以上的距離，因為我不相信你們包括主人自己，能保護好自己。」

白修宇聞言也不感到困窘或氣憤，就事論事地點頭道：「黑帝斯說的是事實，他現在之於我們，可以說是最強而有力的保護者。」同時也是麻煩製造者。

雖然不爽，李政瑜心裡也明白黑帝斯說的是事實，因此只是冷哼了一聲。

「既然這樣，那我先回家跟我爸說一下，等會就回來。」

白修宇說道：「我也跟妳一起回去見見伯父好了，之前就那樣把妳帶去日本，我還沒跟伯父道歉呢。」

一聽白修宇也要去，李政瑜連忙說道：「我也順便去看看妳老爸好了，好久沒和他過招了，真有點手癢。」

楊雪臻挑了挑眉：「哦，順便啊……」眼神無聲說著：跟屁蟲！

跟屁蟲就跟屁蟲！李政瑜一副死豬不怕開水燙的模樣，屁顛屁顛地跟在了白修宇的後頭。

DEAD GAME 0303

主　人　來　襲

離開學校將近一個半月的時間，在踏進校門時，白修宇三人也沒有想到他們居然會造成這麼大的轟動。

一開始只是幾個學生不敢置信地瞪大眼，緊接著居然同時發出尖叫……再然後就是不分男女的人群瘋狂聚集了過來，嘴中喊著白修宇完全聽不懂的「國王」、「公主」、「騎士」什麼的，直把他搞得滿頭霧水。

不過這混亂對李政瑜和楊雪臻來說，顯然只是小菜一碟的程度，只見他們兩人一邊神情自若地和周遭的人群微笑著打招呼，一邊走入校園，儼然一派巨星架勢。

——直到許久之後，白修宇才知道騎士指的是李政瑜，公主指的是楊雪臻，國王指的是……他。

白修宇無法理解這種綽號究竟是從何而來？

這場混亂直到頂著大肚腩的訓導主任聞訊趕來「解救」他們才宣告結束。

訓導主任額爆青筋地吼道：「你們都聚在這裡做什麼？早自習都開始了，還不回去教室！」

圍觀的同學們瞬間發出此起彼落的噓聲。

「噓什麼噓？還不快回教室！我數到三，如果還有人留在這裡，全部都記警告一支！一、二——」

眾人雖然覺得掃興，但也無可奈何，在訓導主任還沒數到三時，很快地一哄而散。

「你們三個人，真是夠讓人頭痛的了，一聲不響就跑去做短期遊學，連導師都沒有通知，你們知道王老師有多擔心嗎？還以為你們是不是被綁架了！」訓導主任抖動臉頰的肥肉氣呼呼地責備著。

李政瑜比了比自己的額頭，嘻皮笑臉地說道：「主任，你的髮線好像越來越後退，額頭越來越高了耶，小心男人的惡夢成真啊！」

訓導主任連忙遮住自己的額頭，氣急敗壞地吼道：「什麼髮線額頭，你看錯了！不要在這邊拖拖拉拉，快點回教室早自習！」

「是～」李政瑜心不在焉地應答了一聲，完全無視訓導主任的臭臉。

在走向教室的路上，楊雪臻微微皺起眉頭，問道：「李同學，你是不是很討厭訓導主任？」她從以前就這樣覺得了，而今天從李政瑜應對訓導主任的態度，那種感覺越來越明顯了。

李政瑜挑挑眉尾，一臉壞壞地笑道：「禿頭鮪魚肚，再加上滿面油光，有正常審美觀的人都不會喜歡吧？難不成楊同學妳的興趣特別不一樣嗎？」

這傢伙別的不行，就嘴壞的功力最行！

楊雪臻眼角抽搐，咬牙切齒地低聲道：「李同學，你明明知道我要問的是什麼！」

——敵意。

李政瑜的表情看不出來，可是渾身上下都散發出緊繃的氣息，彷彿一把隨時都會出鞘的劍。

「因為他是白先生的人。」白修宇淡淡地說：「雖然在白家那段日子裡我從來沒有看過他，可是我能聞到他身上的臭味，那股就像是從死人堆裡爬出來的臭味，我絕對不可能記錯。」

「那個人……白先生連學校裡都安插了人手？」楊雪臻頗感錯愕。

李政瑜冷冷一笑，「很惡劣吧？白先生就是在告訴我們，『現在你們的自由都是我施捨的，不要妄想能從我的手掌心逃出去』。」

楊雪臻已經無話可說了。

「這些事情……不久的將來我一定會親手劃上句點。」白修宇雙眼筆直地凝視著前方。

因為早自習已經開始的關係，學校內一片靜悄悄的，白修宇三人剛走上樓梯，便看到王班導站在樓梯口上，也不知道是湊巧，還是特地在這裡等他們。

李政瑜笑嘻嘻地朝王班導打了聲招呼：「早安，導仔。」

王班導橫了他一眼，搖頭說道：「你們這幾個孩子真是不像話……一聲不響的就跑去日本遊學，難道不會先向我打聲招呼嗎？」

李政瑜笑道：「導仔，你這句話對我和修宇說ＯＫ，不過楊雪臻就不用跟你打招呼了吧？她和我們又不同班。」

「學生和老師還需要分什麼班級嗎？」王班導朝楊雪臻道：「楊同學，妳也是，妳的班導對於妳這次的做法也是非常有異議，他認為妳應該是位很有責任心的學生。」

王班導語重心長的話讓楊雪臻不由得紅了臉，但她沒有後悔，畢竟與其對學校有責任，她更寧可選擇跟隨白修宇。

見楊雪臻除了最先的困窘之外就再也沒有一點自省的模樣，王班導也知道說的那些話是白費了，不由得嘆息。

「算了，都進教室吧。」扔了這一句，王班導轉身邁開腳步。

一直沒有動靜的白修宇在看到王班導邁出的幾步，眼中瞬間綻出寒光，隱晦地做出了一個手勢。

李政瑜的身形驀地竄向王班導背後，只見他右手一翻，冰冷的匕首就要刺進王班導的後背！

這時，王班導竟然一個迴身，左手成弓，以手肘撞擊李政瑜的手臂，緊接著迅速拉開距離，一臉似笑非笑地望著白修宇。

畢竟這一擊意在刺探而已，李政瑜沒有再做追擊，迅速退回白修宇的身前，而楊雪臻也從「快取」中取出一把滅音槍，對準了「王班導」。

「你是怎麼看出來的？」「王班導」好奇地問著。

「腳步聲。你的腳步聲比起我們班導輕了很多，而且腳底的著力方式和我們班導也不一樣。」

「王班導」笑了起來，「不愧是『預知筆仙』所預知出來的人選，聰明、冷靜，而且細心。」

白修宇知道眼前的「王班導」極有可能就是主人，但為什麼黑帝斯沒有任何反應？

卻聽「王班導」說道：「我是主人，只是我這趟來，不會跟你動手。」

「為什麼？」白修宇神色平靜。

「因為或許我們可以做個交易。」

「交易？」白修宇眉一皺，語帶疑惑。

「沒錯。」「王班導」嘴角勾起，露出一抹詭異的笑容，「有關殺了你朋友的那位主人的交易。」

白修宇全身一震，雙眼驀地瞪大——那個主人！

明明知道他自身的實力還遠遠不如對方，但一想起那個主人，一股幾乎要將白修宇整個人焚燒成灰燼的殺意便源源不斷地從他的心中竄出！

白修宇的反應讓「王班導」放心地一笑，「預知筆仙」果然是準確率高達百分之百的好東西啊。「王班導」說道：「如何？白修宇，你有興趣和我做這個交易嗎？」

白修宇冷冷回道：「代價！」

「王班導」笑道：「這裡不方便談話，如果你願意和我做這個交易，現在就到我的地盤上談吧。」

到他的地盤？那不就是關門放狗了！想到此，李政瑜壓低聲音，「修宇，這也許是個陷阱。」

「既然擔心這可能是個陷阱，白修宇，我不介意你先小人後君子，拿出你的劍抵在我的脖子上。」「王班導」很是乾脆地說。

白修宇沉默了好一會，「好，我就和你走一趟。」

幾乎就在「王班導」頷首一笑的同時，樓梯旁的牆壁無聲無息地浮現出一扇紅色木門。

「三位，請。」他笑著扭動門把打開了門。

進入那扇門之後，呈現在白修宇等人眼前的景象是一處山洞，山洞內擺設了一些家具和日常用品，雖然簡陋，但也稱得上是麻雀雖小，五臟俱全。

「王班導」撕下臉上的面具，現出一張娃娃臉。「我叫江宸，我的機械人形叫拉切爾。」

隨著江宸的語落，一名清雋男子出現在白修宇等人的眼前。

「現在，有什麼問題就請提出吧，為了表示我的誠意，能夠回答的問題我一定都會盡量回答。」

不是完全，而是盡量，代表有所選擇。

白修宇也不介意江宸話中的保留，直接開口便問：「我有兩個問題。第一個，你明明是在同步狀態，為什麼我的機械人形無法偵察到？」

「因為我的技能。」江宸笑了一笑，「我偶然發現一名主人並且解決了他，獲得『隱形』這個技能。『隱形』並不是真的能夠隱形，而是只要我處於『同步』狀態下，其他的機械人形就無法偵測到拉切爾。」

在和江宸談話的過程中，白修宇一直發動著「心靈感應」，因此他能輕而易舉地判斷江宸並沒有說謊。

——不過沒想到居然還有「隱形」這種技能，如果可以得到這個技能的話，在將來的每場戰鬥上他都能最大限度地取得優勢，尤其是在對上那個殺了隆一的主人時……

想到這裡，白修宇薄唇輕抿，整個人看似平靜得激不起一絲波瀾，但李政瑜和楊雪臻卻能感覺到他周身散發出一股不形於外的殺意，兩人從「快取」中取出槍械，隨時準備發動攻勢。

拉切爾見狀，立即一個閃身擋在江宸的前方。

江宸愣了一下，隨即明白為何白修宇會對他生出殺意，連忙說道：「等、等等！你殺了我只能得到我其中的一種技能，而且那一項技能還必須從頭集點修練，倒不如先考慮看看我的交易，再來決定要不要和我拚生死！」

白修宇沉吟了一會，「……好，說說看你的交易。」

江宸放心地吁了口氣，他信任「預知筆仙」百分之百的預測能力，既然「預知筆仙」預測這次的交易會成功，那就一定會成功，但剛才白修宇的殺意還是不免讓他嚇出了一身冷汗。

「首先，為了表示我的誠意，我先坦白我目前的實力。」

說到這裡，他露出一抹慣以用來欺騙社會大眾的和善笑容，「我的機械人形本身擁有的技能為『預知筆仙』。另外，我勝過一場戰鬥，得到『隱形』這項技能，又勝過三場無法勝利成立的戰鬥，分別獲取『任意門』、『任意操控的傀儡玩偶』以及『無所不在的透視鏡』等三項技能。」

白修宇一個皺眉，說道：「五項技能……照這種情形來說，你沒有必要選擇我這個弱者進行交易。」

江宸笑道：「你是『預知筆仙』所選擇的交易對象，所以就算你現在是個弱者，但你的未來擁有非常高的可塑性。」

「哦？這樣的話，我還得謝謝你看重我的未來潛質了？」白修宇嘴角噙上一絲看透人心似的嘲諷。

感覺到白修宇完全稱不上友善的態度，江宸再度捏了一把冷汗，笑容變得僵硬，趕緊轉換話題，「我的誠意已經表示出來了，不如我們來談談交易吧？」

李政瑜轉頭偷笑，三言兩語就將形勢逆轉，亂了對方的節奏，把主動權給搶過來，真不愧是他的寶貝小心肝。

「說吧。」白修宇坐在椅上，修長的十指優雅地放置在支起的大腿，自若的神態彷彿他才是這裡的主人。

白修宇坐姿輕鬆愜意，反倒是江宸正襟危坐了起來，他知道他碰上難纏的對手了。

「我的交易很簡單，我希望你能夠幫我將我要對戰的主人的助手清除，相對的，我負責提供你想要的資訊。我想這個交易對你來說相當划算。」

「幫你清除助手？」白修宇困惑。

「是的。」

白修宇眼中充滿毫不遮掩的懷疑，「事先將助手清除，這麼一點小事我不相信憑你身為主人的實力無法解決。」

這個白修宇真夠多疑的！江宸苦笑道：「沒錯，在第一階段我要消滅助手很簡單，但是從第二階段開始，助手擁有的力量就足以和主人媲美！」

楊雪臻的瞳孔驀地一縮，李政瑜的雙拳握緊，無法抑制的顫抖漫上全身——足以和主人媲美的力量！

一直以來，最為困擾貓狗戰將的就是「力量」這兩個字，在普通人當中他們兩人稱得上強者，但對機械人形和同步的主人來說，他們卻是悲劇的連根蔥都算不上。

在這場戰役中如同螻蟻一般存在的助手能幫上主人多少忙？不拖後腿就很不錯了。

每每一想到自己可能會成為拖白修宇後腿的累贅，不管對李政瑜還是楊雪臻來說，那絕對是比死了還令他們難受！

這個消息也讓令白修宇震撼，但他很快收斂起神色，問道：「這個消息你也是從『預知筆仙』上知道的？」

得到江宸肯定的點頭後，白修宇繼續問道：「你的技能有告訴你，助手可以得到什麼樣的能力嗎？」

江宸搖了搖頭，一臉喪氣地回答：「我試了很多次『預知筆仙』，但都是無法顯示。」

「既然這樣，你幹嘛不給自己找助手啊？」李政瑜終於忍不住插嘴詢問。

「我不想把我的生命交付在別人的手上。」江宸一個用力咬牙，雙眼忽然充滿駭人的血絲，「除了我以外的人類都不值得信任，我的生命，只能由我自己掌握！」

「……」

對於江宸突來的激烈反應，室內頓時無聲以對。

江宸深深地吸了口氣，平復一下動盪的心情，臉上浮現一抹歉意的笑容。

「不好意思，讓你們看笑話了。」他的視線轉向白修宇，「如何?你願意答應和我交易嗎？」

白修宇微微低下頭，狀似思考，過了好一會，才緩緩說道：「……我可以接受，但是我要看看你對這項交易抱持多少誠意。」

已經把自己的實力交代得清清楚楚，這樣還不夠有誠意?江宸氣極，但也無可奈何，除非他放棄與白修宇的交易。

再三衡量，江宸知道自己已經沒有後退的餘地，乾脆狠心回道：「好！我現在就幫你找出那個主人的行蹤，讓你知道你的仇人究竟長什麼鬼樣！拉切爾！」

「是，主人。」拉切爾朝江宸一個恭敬揖身。

「叫出『預知筆仙』！」

「謹遵您的命令。」拉切爾眼簾一低，雙手合十緩緩拉開，瞬間浮現一面散發淡淡金色光芒的圓盤。

「預知對象──殺了白修宇好友泉野隆一的主人。預知事物──現在所在地點。」

聽著江宸的一語一字，白修宇不由自主地屏息了起來，周遭瞬間陷入沉寂的世界，就連李政瑜也不敢發出一點聲音。

鮮紅色的箭頭緩緩移動，指向T這個字母後，卻驀地停了下來，再也沒有動靜。

這個狀況讓江宸臉上浮現明顯的詫異，「拉切爾，這是怎麼回事？」

「這種情況是第一次，我也不清楚……」拉切爾雙臂一震，只見金色圓盤大放光芒，紅色箭頭卻彷彿消耗完電池的玩偶，仍是一動也不動。

「黑帝斯，拉切爾在做什麼？」白修宇輕聲問著。

「他在試圖輸出更多的力量驅動『預知筆仙』，不過我想這應該是沒有用。」黑帝斯的聲音帶著玩味的笑，說道：「那個主人應該處在『同步』的狀況下，擁有六種技能以上的主人，實力絕對不是他這麼一具機械人形能夠匹敵。」

「那如果讓江宸也『同步』呢？」

黑帝斯沉默了一下，「江宸擁有五種技能，總和實力和那個主人應該不會相差太遠，可以試試。」

白修宇頷首表示瞭解，低垂的視線立即轉向江宸，建議道：「我想你也聽見了吧？」

江宸頷首，立即讓拉切爾和他「同步」，再一次發動「預知筆仙」，然而，紅色箭頭微微一動後，再度沒有了動靜。

「怎、怎麼可能……」江宸雙眼瞪大得彷彿要撐裂眼眶，金色圓盤劇烈顫動了起來！

就在白修宇等人為這莫名的情況驚疑不定時，轟然一聲巨響，金色圓盤炸成漫天碎片，猶如閃爍的星光，點點消散在空氣之中，江宸只覺得胸口一陣劇痛，喉頭一甜，一口鮮血噴出！

「主人！」剎那間，拉切爾主動解除「同步」，一臉慌張地將搖搖欲墜的江宸橫抱起來！

凝視著江宸蒼白的臉和嘴邊的鮮血，一種無法形容的痛楚充滿拉切爾的胸口，全身抖得無法控制，這還是他第一次看到江宸傷得這麼重。

白修宇心中也是一驚，連忙探視江宸的情況。

「沒想到、沒想到……我還以為我的實力已經算不錯的了……真是難看……」他扯了扯嘴角，像是想笑，卻又噴出一口血，「白修宇，你的敵人到底是怎麼做的？到底是……怎麼做的……」話還沒有說完，江宸便昏了過去。

拉切爾看了白修宇一眼，「主人暈了。」

白修宇神情凝重地問道：「到底是發生什麼事？」

「你的敵人力量遠遠超過他，他雖然盡全力驅動『預知筆仙』，仍然無法對那個主人產生作用，進而造成『預知筆仙』的力量反噬。」拉切爾望著白修宇的眼神陰鬱中帶著憤怒，比起和另一個主人合作，他其實更傾向於找尋助手，但他也明白以江宸的個性，是絕對不會將自己的生命交給別人……

「反噬？」

「沒錯，每一種技能都需要靠『點數』增加力量強度，以現在『預知筆仙』所累積的『點數』，在同步狀態下一個月可驅動三次『預知筆仙』，每一次最多可以詢問五個問題，但也不是沒有風險。」

頓了一頓，拉切爾小心翼翼地擦拭江宸嘴角的鮮血，「如果詢問的對象總和力量超過宸百分之一百五十以上，『預知筆仙』便會產生反噬……宸和我都沒有想到你的敵人會如此可怕，我們機械人形到這個空間才不過短短半年，那個主人、那個主人究竟是怎麼做到的！」

「那個主人很強？」白修宇問著，視線輕輕掃過拉切爾那清雋的臉龐。

但，這短短的一眼竟讓拉切爾腳步不由自主地倒退一步，只覺得自己好像正面對著一隻瀕臨瘋狂的野獸，明明白修宇的神色是那麼平靜。

「再強也無所謂……無所謂的。」白修宇像是在自言自語著：「他有多強，我會變得更強，要我殺多少人都行……」

「修宇。」李政瑜握著白修宇的肩膀，擔心地問道：「你還好嗎？」

「我很好，放心吧，我沒事。」他微微一笑，安慰地拍了拍李政瑜。

真的沒事嗎？李政瑜雖是懷疑，可是看白修宇的神色也沒有什麼不對的地方，只好當作是自己多心了。

「他的傷勢怎麼樣？」白修宇問。

他並不關心江宸，但也沒有再和江宸對戰的想法，先不提彼此間的實力差距，江宸的技能都屬於輔助類型，和他合作確實有很大的牟利空間。

「傷到內臟，不過回復『同步』狀態，以這種傷勢大概休息兩個小時左右就能治癒。」

「主人，我想現在沒有時間讓他休息了。」黑帝斯的聲音在他的耳邊響起，帶著前所未有的凝重和緊張。

白修宇心中一驚，同時發現拉切爾露出難以置信的神情。

「竟然來了！」

什麼來了？白修宇尚未將這個問題問出口，整個房間突然一陣劇烈的晃動，平地炸開一聲響雷，隨著牆壁的崩塌，灰塵碎石掀起洶湧翻騰的浪潮！

而比起四周牆壁的崩塌，更讓白修宇訝異的是他所看到的景象——三具巨大的機器人，將他們團團包圍了起來！

DEAD GAME 0304

王　者　降　臨

在陽光的輝照下，三具巨大機器人那充滿力量的線條透出虛幻的美感，整體形象就好比完美比例的模特兒，藍色機甲塑造得和人類一般，擁有頎長的身形，而金屬外殼則宛如健碩而優美的肌肉，叫人一眼便難以忘懷。

「這是……鋼○？」李政瑜目瞪口呆，張大的下巴快要掉到地上。

其中一具機器人發出了女性的聲音，「根據能量殘留的線索追來這裡，沒想到會有兩名主人。」

「你們是什麼人？」白修宇望著發出聲音的機器人，語調如冰。

「撒蒂雅軍！反抗帝國，由聖女撒蒂雅所率領的撒蒂雅軍！」那名女性昂揚的聲音帶著濃濃的驕傲，「我是駕駛嵐翼二號機的安吉雅・那特利上兵！」

「一號機，拉爾・斐萩上兵！」

「三號機，霍雷上兵！」

「你們來這裡有什麼事嗎？」白修宇面容冷漠地問著，另一邊以心靈感應向黑帝斯確認：「你和拉切爾剛才說的來了，就是指他們？」雖然很疑惑這幾具機器人的來歷，但現在顯然不是探究的好時機。

黑帝斯否認，「不。我們機械人形只能感應機械人形，有百分之九十八以上的可能性為『同步』狀態中的主人以非常快的速度往這裡前進，預估會在四分二十秒後直接接觸。」

「主人……」白修宇臉色一沉，在「預知筆仙」失敗後，立刻就有主人找上門來，他可不認為是單純的巧合而已。

白修宇很清楚，目前的實力他不是那個主人的對手，江宸又非常不湊巧地負傷昏迷……他暗暗攢緊拳頭——現在不是戰鬥的時候！

「很遺憾，我們不能讓各位離開這裡。」就好像知道白修宇的想法，安吉雅的聲音再度傳來，「我們所尋找的主人就快來到這裡了。」

「這是什麼意思？」白修宇心中有了不好的預感。

三號機傳來霍雷帶著殺機的冷冷話語，「意思就是，很抱歉我們必須將各位當成獻給那位主人的見面禮！」

白修宇眼瞳猛地一縮，果然來者不善！

這時，黑帝斯的聲音居然透出從未顯露過的驚愕，「那個主人消失——不，主人，那個主人已經在我們的正上空了！」

什麼？白修宇冷靜的面容崩潰，他大驚失色地抬頭望向上空，藉由「同步」強化的視線，他清楚地看見了那個人。

那是一名年紀似乎比他們大上兩、三歲的少年，那陽光下顯得透明的臉龐以及凜然的姿態，就算只是一眼，也都讓人的印象非常深刻。

二號機內，安吉雅哆嗦著嘴唇，她一瞬也不移地注視螢幕中顯示的人影，只覺得心跳有如萬馬奔騰般地狂躁——Z173號……麗沙豁盡生命，也要帶給我軍戰勝帝國希望的Z173號！

正確來說，那名少年並不是安吉雅他們心心切切的Z173號，而是Z173號所選擇的主人。

那名少年飄浮在空中，張揚的風將他身上的衣物吹得獵獵作響，那名少年彷彿驕傲的神祇一般，高高在上地俯瞰萬物。

「你們是撒蒂雅軍？」少年問道。

這名少年果然就是Z173號的主人！安吉雅忍不住興奮，那該死的君王為了讓他的遊戲能夠玩得盡興，在輸入其他機械人形的記憶訊息時都沒有提到他們撒蒂雅軍，也就只有Z173號才會知道這些事情！

明知少年看不見駕駛艙內的她，安吉雅還是用力地點了點頭，「沒錯，我們就是撒蒂雅軍……Z173號，你還記得你的使命嗎？」

少年不悅地皺起眉頭，「妳口中的Z173號，我給他取了『里奧』這個名字，我希望以後不會再聽見任何人用那不屬於我給予的名稱。」

「不過是一名落後世界的原始人，你怎麼敢用這種口氣對我們說話！」少年命令般的口氣讓霍雷不禁憤怒地大吼。

在他們空間中，還保有思考的人民都認為地球落後、野蠻，在漫長的時間裡所發展出來的文明科技才只有這麼一點程度，而且大多數地球人的身體也相當孱弱，比他們那裡的嬰孩還不如，因此他們都非常瞧不起地球人。

少年的眼色一沉，右手化拳一握，緩緩舉起，轉眼只見霍雷所駕駛三號機前的空氣一陣波動，緊接著三號機就像是被什麼東西抓住一樣，整具巨大的機體隨著少年的手部動作浮上半空。

霍雷發出激烈慘叫，只見他臉色慘白，額際冷汗涔涔，右手還緊緊揪住左胸，從心臟傳來的劇痛折磨著他的意志，令他無法自制地將身體綳成一團。

從螢幕上，安吉雅和拉爾當然看見同伴的慘狀。心急霍雷，拉爾哪裡管少年就是Z173號的主人，揮動手臂，就想這樣一掌將他拍死！

「拉爾，不要！」

安吉雅心中一驚，想要阻擋卻已經來不及，主人經過「同步」的肉體力量，再強也敵不過機甲，她幾乎已經想像得出來少年血肉模糊的樣子了。

少年發出一聲冷哼，那聲冷哼很輕，輕得彷彿風中的碎語，在場的每個人卻詭異地聽得清楚。

拉爾的全身猛烈一震，嘴角溢出鮮血，他不敢置信他竟然受傷了？不知不覺間，沒有任何徵兆的受傷了？

拉爾的受傷，白修宇等人無法看見，因此他們只是奇怪夾帶著呼嘯風聲的巨大手臂在半空頓了一頓，卻沒有繼續朝少年揮落，不知道是出了什麼變故。

叫人為之驚愕的一幕在白修宇等人的眼前上演——少年勾指成彈，只是一記彈指輕輕地彈在拉爾一號機巨大的手掌上，機械右臂宛如崩塌的骨牌，無數的機械零件鏗鏗鏘鏘地掉落，不到兩秒鐘的時間，一號機的機械右臂已經完全崩壞，只殘留肩膀的部分。

詭異而強大的技能！白修宇見狀，瞳孔一個收縮，再次體認到他和少年之間的差距是如此之大。

現在的狀況，凡是有眼睛的人都看得出來只有「混亂」這兩個字可以形容，原本以為是站在少年那一邊的撒蒂雅軍，竟然被少年在舉手投足之間輕輕鬆鬆半毀了兩具嵐翼，而被撒蒂雅軍當成投名狀的白修宇等人反倒成了毫無相干的路人，待在一旁看熱鬧了。

白修宇心念電轉，從現在混亂的狀況中，他稍微理出了一些訊息，黑帝斯先前所說的異世界空間人民都喪失情感這件事顯然是個謊言，而黑帝斯顯然一直到剛才為止，都相信著君王灌輸他們機械人形的資訊是正確的。

被騙了。

君王打從一開始，就在欺騙被派來地球的機械人形，並且藉由機械人形傳達錯誤的資訊給他們這些主人。

越是深入思考，白修宇越覺得他就像一具被操控的玩偶，線的另一端，則是握在那從未出現的君王手上……

不行，不要再想下去了！現在最重要的是想辦法離開這裡！白修宇用力搖了搖頭，收斂起交雜錯綜的心思，下意識地看向他的摯友。

當白修宇的視線轉向李政瑜時，突然有種空氣冷凝的感覺，他的全身不由自主地泛起陣陣顫慄的雞皮疙瘩！

李政瑜已是眼簾低垂，靜靜地望著地下，眼神專注而又有些迷茫，俊挺的側臉顯得非常安詳……然而，在眼前這種被強敵環繞的狀況下，李政瑜此時的安詳顯得非常詭異，而且還有一股冰冷刺骨的莫名寒意，以李政瑜的身體為中心，緩緩蔓延出來！

「政瑜，你怎麼了？你聽得到我的聲音嗎？」白修宇咬牙忍耐著那股寒意，握住李政瑜的雙肩用力搖晃。

這時楊雪臻也發現到李政瑜的異狀，雙手緊緊扣著槍柄警戒四周，問道：「李政瑜怎麼了？」

白修宇只能臉色凝重地搖頭以對，雙眼直直望著失神的李政瑜，不斷地以「心靈感應」呼喚摯友的名字。但，無論他多少次的呼喚，李政瑜仍是沒有一絲的回應。

驀地，李政瑜抬起雙眼，眼中射出彷如實質的光芒，驚雷般地震撼著白修宇的心靈。

李政瑜緩緩張動嘴唇，似乎是在說些什麼，可是白修宇什麼也聽不到，但李政瑜散發的寒氣越來越強，如同一場將要席捲大地的冰冷風暴！

白修宇心中一動，隱約之間，他知道將要發生一件事，明明「心靈感應」沒有李政瑜的一點回音，他卻知道李政瑜的身上將要發生一件事！

「摀上耳朵！」

下一瞬，一道聲音終於從李政瑜的口中發出，那聲音，是一曲高亢的樂章，撕碎時間與空間的隔閡，化作強勁的音浪，一波波地襲擊在場所有的人！

在那樂曲從李政瑜口中發出之際，楊雪臻第一個承受不了，只覺得一記鐵鎚狠狠在她的腦中撞擊，纖細的身體一晃，便立即暈了過去；沒有「同步」的拉切爾堅持不到十秒，也緊接著喪失意識，而他即使喪失意識，雙掌仍是死死捂住江宸的雙耳，保護著他的主人。

難以阻止的無差別攻擊震盪著白修宇的耳膜，驟然刷白的臉色宛如死灰，雙耳也流出鮮血，但他的雙眼始終注視著一臉木然的李政瑜，直到身體無法堅持地倒落。

白修宇不知道為什麼李政瑜會有如此驚人的力量，他只知道努力使用「心靈感應」，試圖喚回摯友，直到黑暗侵蝕了他堅不可催的意志，黑帝斯也在同時昏迷，系統自動解除「同步」狀態。

短暫卻又無比漫長的一分鐘之後，高亢的樂音終於消失。在嵐翼的保護下，安吉雅仍舊受了不小的內傷，痛楚扭曲了她姣好的五官，而先前已經負傷的拉爾和霍雷無法承受音波的再度重創，也是雙雙昏迷過去。

不知何時，李政瑜竟是穿著一深黑色的異國服飾，布面上縫了兩排銀色釦環，兩旁肩部披著一件長長落地的黑色披風。

除了衣物，李政瑜整個人也徹徹底底地發生變化——精緻如畫的五官，找不出半點瑕疵，但仔細一看，那個人的一雙眼睛卻被銀色的鐵絲貫穿縫起，彷彿被惡意割裂的畫布，透露出殘缺的美麗。

倒映在眼底的那個人如夢似幻，猶如天神一般，可是安吉雅內心只感到深深的恐懼，發出嘶啞的聲音。

「君王……」

君王！

他們世界的王者，撒蒂雅軍生生世世的仇敵，怎麼可能會出現在地球？怎麼可能！

君王散發出來的無形威壓讓安吉雅的心靈瞬間瓦解崩潰，她想逃，就算下一秒馬上會死去，她也只想要逃離這裡！但她的身體除了顫抖，還是只能顫抖，強烈的恐懼讓她無法動彈。

那個人的背後三對漆黑的羽翼驀然展開，只見一個搧動，那個人身姿洒然地飛上天空，與少年遙遙相對，六片巨大的羽翼彷彿要掩蓋天空一般。

湛藍的天空突然浮現一點黑影，那黑影迅速擴張開來，宛如飢餓的猛獸吞食四周空間，轉瞬，少年已經身處在一片漆黑的空間中。

很黑，連一點光源都沒有，詭異的是少年發現自己能清楚地看見對方。

全身包裹在黑色服飾下的身影，彷彿要融入這片黑暗似的，卻又矛盾地讓人感覺這片空間中，最為耀眼的就是那個人了。

遭遇莫名的敵人，又處在這片陌生的空間中，少年瞪視著那個人的眼神透露出不尋常的戒備，他的精神緊繃，沒有一絲鬆懈，隨時準備出擊。

那個人默然無語，只是微微一笑——剎那間，一道氣勁成刃，驀然攻向少年！

氣刃來得既快且猛，少年臉色一變，連忙抬手虛空一彈，他的前方空間瞬間出現三道盾牌，但氣刃卻連個停頓也沒有，輕而易舉地劃破盾牌，直衝少年而來。

「盾之防壁」居然這麼簡單就被突破了！？少年急退數十公尺，看準時機一個旋身，險險躲過氣刃的攻擊。只見沒有擊中目標的氣刃一個停滯，隨即化作雲煙消失無蹤。

少年原本自己以為躲過了這一擊，卻突然覺得體內氣血翻騰，整個胸膛受到劇烈的擠壓，他不斷從口中噴出鮮血，剛才擦過氣刃的胸口像被炸彈炸到似的，瞬間變得血肉模糊。

冷汗濡濕了少年的後背，只有親身體會，才能發覺那道看似不起眼的氣刃，竟然壓縮著毀天滅地的力量，所以哪怕他躲了過去，氣刃的餘勁依舊穿透「同步」的保護，令他受到重創！

眼見少年一身鮮血淋漓，「他」輕輕笑了一聲，空間內霎時發出如煮沸開水般的滋滋聲響，籠罩周遭的黑色轉眼消散無蹤，重現出一片萬里晴空。

少年痛苦地喘息著，如果不是他胸口的創傷還在，他真會以為他做了一場短暫的白日夢。

烏黑的長髮在風中飛舞，「他」微側著臉，如柳薄唇輕輕吐出話語，「強行創造出的BUG……很有趣。」

君王的語調很輕很輕……似雨絲般地輕柔，卻又清晰得令人難忘。

「你是誰？」少年抹去嘴邊的鮮血，收緊眼角肌肉，默默忍受著來自「他」的深沉壓力，「你不是主人……你到底是誰？」

「他」的嘴角一勾，露出一抹幽冷的笑容，「因為沒有辦法『複製』我剛才的攻擊……你，慌亂了嗎？」

「回答我，你到底是誰？」少年感覺到心臟正瘋狂地跳動著，那個人平靜的言語，在他的心裡掀起一陣波濤！

「複製」，這就是少年的技能。只要是他在「同步」狀態中看過一次，並且其主人對他使用過一次，他便可以「複製」下來成為自己的技能！

當然，這樣強大的「複製」技能也有著限制，只是即使有著限制，「複製」仍然是個無比強大的技能。

初次見面的這個人，為什麼會知道他擁有的技能？

「他」不答，逕自微笑地說著：「『那個人』很有趣，他是屬於我的玩具……所以我不允許你殺他。」

「強行製造出來的 BUG『複製』很有趣，我允許你繼續擁有這項技能；這三名撒蒂雅軍可以給 Master Game 帶來有趣，我不允許你破壞我的樂趣，你只能遵從我的意志。」

「其中一個人，就給他吧……好像也能變得有趣。」

「他」修長的手指伸出，指向昏迷的江宸，眨眼間只見拉切爾身上一陣光芒閃動，象徵助手的手環飛出，穿越嵐翼的機身，套在霍雷的手上。

而少年身前的空氣如漣漪般波動，竟也是兩只手環從他的體內飛出，分別套在了安吉雅和拉爾的手腕處。

少年心思一動，卻是機械人形傳來了訊息，那個人幾句言語之間，居然就讓系統自動綁定他的助手！

「他」的脖子微微傾斜了角度，這簡簡單單的動作在「他」做來，無不散發一股疏離而高貴的味道。

「呵，這一次，我感覺到你憤怒了……為什麼你要憤怒？明天醒來，你明明就會忘記現在的憤怒……」

「他」的這一番話讓少年重重一震，神態焦急地張開口，竟是發出斷斷續續，讓人難以理解的字句。

「你知道我、我、我的事情？我是誰？告訴、告訴我，告訴我！」

聞言，「他」臉上的笑意擴大，接著只見「他」隨手一揮，少年便感覺到他的身後傳來一陣強烈吸力，無論他如何掙扎，卻怎麼也逃不出！

「呵，可愛又可憐的孩子……我憐憫你。如果你能在這場遊戲中獲得最後的勝利，那麼我將賜與——」

「賜與你所失去的記憶……」

這是少年被吸入身後的黑洞時，所聽到的最後一句話。

DEAD GAME 0305
疑　問

「他」輕輕地一揮手，這隨意一揮，便形成空間裂縫，強制送走少年以及安吉雅、拉爾等三人。「他」落回地面，那三對羽翼隨之消失，只剩黑色羽毛徐徐飄散。

「他」緩緩走向白修宇，那張猶帶少年稚嫩的臉龐此時蒼白而虛弱，像是玻璃般地易碎。

伸出了手，「他」的掌心向下，頓時，白修宇的皮膚表層散發出光芒——淺紫、紫色、深紫，然後是深深濃紫……「他」露出了孩子般開心的笑容。

「有趣的人，你要變得更加有趣。」孩子般的笑容帶上了天真，卻是另一種的殘酷，「你要努力的活下去……就算那只是一條面臨毀滅的道路，你也要活下去，為了證明……」

未盡的話語，「他」的身影逐漸朦朧，彷彿被刷淡的畫面。李政瑜的身影相對地卻是越來越明顯，直到「他」完全消失為止。

當李政瑜再度出現時，他單膝跪在地上艱難地喘息著，似乎正忍耐著劇烈的痛楚，下一瞬，他全身的毛細孔湧出無數血柱，鮮紅的液體漫天飛灑！

來自體內的劇烈疼痛瘋狂地殘虐李政瑜的神經，是割肉，是刮骨，是連骨髓都像被巨槌猛烈的撞擊，痛得李政瑜近乎崩潰！

李政瑜終於再也承受不住這種非人的痛楚，眼前一黑，身體無力地倒落塵埃，從他身下流出的鮮血猶如汩汩流動的河川，逐漸將豔紅的顏色染上大地……

黑帝斯和拉切爾是同時醒過來的，畢竟他們不屬於脆弱的人類。他們一醒來，第一件事就是確認主人的安危。

「受了不輕的傷。」黑帝斯沉聲說。

拉切爾的臉色則是更難看，在那陣驚濤駭浪般的「樂曲」過後，江宸傷上加傷，原本「同步」兩個小時就能治癒的傷勢，現在估計至少得花上半天的時間了。

黑帝斯幾個跨步走到李政瑜的身邊，眼神複雜地望著地上只剩一口氣的少年。

——剛才那令人震撼的力量，真的是這名他一直認為根本派不上用場的人類所發出來的嗎？

不，絕對不可能，那首樂曲並不是單純的力量而已，其中還包含一股令機械人形系統混亂的能量，也就是因為如此，才會造成拉切爾和他的系統「重新開機」。

（「重新開機」，可以理解為短暫的昏迷。）

「我的同伴，剛才的力量絕對不是這名人類所擁有的。」拉切爾輕輕地扶起江宸，語氣肯定地說出他的結論。

「我知道……可是或許，其實我什麼也不知道。」黑帝斯說著，嘴角浮現出了一絲自嘲。

撒蒂雅軍、擁有情感的人類……黑帝斯記憶體中的資訊都是由帝國科學家所灌輸的，他從不懷疑他所得到的資訊真假，他親眼看過那千千萬萬沒有情感，比機械人形還不如的玩偶人類……如果不是因為君王想要他的人民恢復情感，又為什麼要將機械人形送來地球？

結果都是謊言，謊言！

他屈下他的雙膝，低垂他高傲的頭顱，委屈自己奉一名人類為主，這一切全都是笑話一場！黑帝斯憤怒地揮拳將山壁砸出一個大洞——被愚弄的怒火，幾乎快將他的記憶體燒融！

「我的同伴，與其執著於謊言與真實，我認為我們現在最重要的是為我們的主人療傷。」說完，拉切爾也不理會黑帝斯的答覆，逕自恢復「同步」，消失在黑帝斯的眼前。

黑帝斯壓抑著憤怒冷冷笑了一聲，他相當不屑拉切爾對待江宸的小心翼翼，不過是一名愚蠢的人類而已，又何必那樣珍視？

但也正是因為有其他的機械人形都那般重視主人，黑帝斯才更覺得自己的存在如此特別。所以黑帝斯從不認為其他的機械人形是他的同伴，因為他是獨一無二的存在。

黑帝斯的眸光冷冽，好似滑過劍鋒的水滴，靜靜地看著血泊中的李政瑜……就這樣丟著不管，最多再過五分鐘，這個渺小的人類就會死了。

不過這個人類還有活著的價值，畢竟泉野隆一死了，這個人類如果也死了，他的主人應該會徹徹底底的陷入瘋狂吧？

好不容易找到一個符合需求的主人，他可不願意那麼容易就放棄了。

黑帝斯望向孤伶伶矗立在荒野中的嵐翼三號機，勾起嘴角露出輕蔑的微笑——有這具機甲，想救活李政瑜就不是難事，而且應該還能從駕駛員那裡得到一些關於帝國的「真實」情報。

黑帝斯穩穩托起李政瑜的身體，腳底一點躍上嵐翼的背部，硬是以蠻力打開艙門。

一進到狹窄的駕駛艙內，不出黑帝斯的預料，在先前的樂曲衝擊下，嵐翼的系統也全部呈現關機狀態，駕駛座上的霍雷則是被一種類似果凍的綠色液體包裹住全身。

黑帝斯抓住霍雷的脖子一把將他從駕駛座扯了下來。當霍雷被扯離駕駛座的同時，覆蓋在他身體的綠色液體流回駕駛座內，不留一點痕跡。

黑帝斯將李政瑜放上駕駛座，瞬間綠色液體再度竄出，將他的全身包裹住。綠色液體似乎舒緩了傷勢的疼痛，昏迷中的李政瑜眉頭微微鬆開。

維生醫療系統：與機甲分屬於不同區塊，即使機甲遭到外力破壞，只要駕駛艙完好，維生醫療系統在非戰鬥模式下只要偵測到駕駛座上有重傷、瀕死患者乘坐，便會自主發動。

原本這類系統的開發是擔心駕駛員失去意識，無法啟動維生醫療系統而死亡，後來也被廣泛運用於救助非駕駛員的傷患。機械人形的「同步」治療也是源於機甲的維生醫療系統，和機甲不同的是「同步」只綁定主人才可使用。

維生醫療系統雖然比不過機械人形的「同步」治療，其醫療技術還是遠超現今的地球許多，李政瑜的傷勢以地球目前的技術難以治癒，但維生醫療系統卻可以將他的小命救回，只是花費的時間會比較久罷了。

「主人，這份恩情希望您能懂得回報才好。」他半瞇著眼，冷冷一笑。

「嗯……」白修宇發出痛苦的呻吟，緩緩睜開痠澀的雙眼。

想起昏迷前發生的事情，白修宇猛地撐起身體，轉動脖子四處找尋李政瑜的身影，卻只看見仍處於昏迷狀態的楊雪臻和江宸，還有一名被五花大綁丟在一旁的陌生男子。

「主人，您暈過去已經有七個鐘頭了。」白修宇的耳邊傳來黑帝斯的聲音，「您那位助手先生我將他送到那架嵐翼中接受治療。如果您不放心，我建議您可以過去看看他的情況。」

治療？白修宇聞言一驚，幾個飛躍跳上嵐翼背部的艙門。一進入駕駛艙，白修宇果然就看到了被綠色液體包裹的李政瑜，從乾枯的血跡中，不難推測出李政瑜先前的傷勢有多麼嚴重。

「為什麼……」白修宇的聲音隱隱顫抖。

「主人，您的問題我想只有等助手先生清醒過來才能得到解答。」

「那麼反抗君王的撒蒂雅軍呢？你不是說你們的世界已經統一了嗎？那些駕駛機甲的人也都擁有情感吧！」白修宇握緊了拳，惱怒地說道：「黑帝斯，告訴我！這些事情你也不知道嗎？」

黑帝斯垂下眼，沉吟道：「……是的，因為機械人形記憶體中關於帝國的資料，全都由科學家所輸入。」

白修宇重重一頓，他一手遮蓋住眼睛，低低地笑了起來，「也就是說，君王只給予你們他想要你們知道的資料了？哈，可悲，真是可悲，黑帝斯，不管你還是我，全都被人當成猴子耍啊……」

「……」

黑帝斯沉默，他雖然不願意承認，但也無法反駁白修宇的說法。

如果真的想要人民恢復情感，君王大可以從撒蒂雅軍那方面著手，何必特意花費那麼多工夫，將機械人形送來地球收集什麼情感數據？白修宇跌坐在地上，神色諷刺地笑，「不管君王是怎麼打算，這場戰鬥我只能持續下去了……」

「為了您的那位朋友嗎？」

白修宇狠狠地一個咬牙，眼中血光乍現，整個人散發出張揚的殺意，「不，是為了我，為了我自己！我沒有辦法原諒殺了隆一的那個人，更沒有辦法原諒將我們扯入這場戰爭的君王！」

對於白修宇張揚的殺意，黑帝斯不由得暗暗困惑了起來——這個人，有哪裡不同了……還是這只是他的多心而已？

在「同步」狀態下，黑帝斯能隨時感應到白修宇情感變化，而最近這段日子，黑帝斯敏感地發現白修宇情感變化得很奇怪。

以前的白修宇再憎恨、再厭惡，情感的表現也都趨於內斂，這或許跟白修宇長期以來所接受的上位者隨時都必須保持冷靜的教育有關。可是自從打敗了光他們之後，白修宇在某些情感表現上就會變得非常外露，或者該說……過於極端了。

「黑帝斯。」

「有什麼事嗎？主人。」黑帝斯中斷思考，最後出口的兩字偽裝出以往的淡淡不屑。

「關於和江宸的合作，我想你應該不會反對。」白修宇面無表情地注視著昏迷的李政瑜。

「是的，江宸的實力以及輔助技能相當派得上用場，而他的交易條件也並不嚴苛，只是有個小小的問題。」

白修宇微微挑眉，「什麼問題？」

黑帝斯說道：「主人，您關心則亂，所以沒有看見那個小小的問題……那位撒蒂雅軍的霍雷，手腕上戴著助手才能配戴的手環。」

「他戴著手環？」白修宇微微提高音量。

「是的，估計是我們失去意識時發生的，我想絕不可能是那位江宸自己所決定的。」

「可是助手不是該由主人確認，才可以——」驚訝的話語戛然而止，白修宇話題一轉，皺眉問道：「黑帝斯，你比我早醒過來吧？那時候……那個主人和另外兩具嵐翼都不在了嗎？」

「是的。」黑帝斯毫不猶豫地回答。

沉吟許久，白修宇喃喃說道：「雖然之前的狀況很混亂，可是那個主人的實力擺在面前，在沒有逃脫的辦法下我們被殲滅的可能性很高，可以說出現在政瑜身上的那股力量救了我們……問題是我們昏迷過去之後究竟發生什麼事了？」

「主人，我還是只能回答您，您的問題只能等助手先生和那個撒蒂雅軍醒來才有可能得到答案。」

「……那麼，就等吧。」白修宇閉上眼簾，似乎有些疲憊。

「主人，您不擔心那個主人回來攻擊的可能性嗎？」

白修宇搖頭苦笑，「擔心也沒有用，現在這種狀況就算我想離開也做不到吧？只能祈禱他們不會回來了。」

忽然，白修宇聽到了一陣低低的悶哼，連忙從地上爬起來。

「政瑜！」

李政瑜睜開了眼，他凝視白修宇艱難地蠕動著嘴唇。隔著醫療液體，白修宇聽不見他的聲音，但從唇語明白了他想說的話，不由得紅了眼眶。

「放心吧，我沒事，有事的是你……你傷得很重，好好休息，不要擔心我。」

李政瑜微微扯動了一下嘴角，以唇語說著：沒辦法，你是我的心肝小寶貝嘛，擔心你已經是我的習慣了。

白修宇強忍著心中的難受露出微笑，「那就等你好了，繼續擔心我吧。如果沒有你在我身邊擔心，我渾身都會不對勁的。」

李政瑜雖是一臉虛弱，卻還是俏皮朝白修宇地眨眨眼睛，才支撐不住地合起了雙眼。

「政瑜！」

「主人，請放心。您的助手先生不是昏迷，他只是睡著了而已。」

白修宇放下了一顆懸掛的心，問道：「黑帝斯，這具嵐翼也是陷入『重新開機』的狀態嗎？」

黑帝斯稍微解說了一下維生醫療系統，話鋒一轉，語氣高傲地說道：「我對機甲的認識只限於基礎，不過有一點可以確定，機甲雖然和機械人形同樣擁有智能，但如果沒有駕駛員操控，它們便可悲的什麼也辦不到，所以為了保護駕駛員安全，才會將維生醫療系統另外安置。」

「撒蒂雅軍沒有機械人形嗎？」白修宇頓了一頓，嘆息道：「我真是……問你也沒用……」

黑帝斯笑道：「主人，您的這些話真是讓我傷心。撒蒂雅軍有沒有機械人形我不清楚，不過根據我記憶體中的資料，帝國的機械人形數量雖然遠遠超出機甲，但是那些第一代機械人形和我們這些被派來地球的第二代機械人形不同。」

「帝國的第一代機械人形只是單純的機器人，無法和人類『同步』，也沒有技能，它們分為軍事和非軍事兩種，前者我想就不用多做解釋了，非軍事則是一般日常生活之類的用途，而機甲卻是無法離開人類，因為它們必須有人駕駛才可以發揮作用。」

「機甲之所以沒有被淘汰，是因為機甲的戰鬥力遠遠高於第一代機械人形。高等機甲的話，應該能夠戰勝沒有主人『同步』的第二代機械人形吧。」

白修宇皺眉道：「可是你說的這些幾乎都無法確認真假了，畢竟你只是被動式地接受那些資訊，不是嗎？」

黑帝斯不太高興地反駁，「您說的沒錯，不過我認為還是有一定的可信度，畢竟這不是什麼大不了的事情——至少和撒蒂雅軍那些仍然擁有情感的叛軍比起來。」

白修宇暗暗嘆息一聲，和黑帝斯爭論這些一點意義也沒有，等那個叫做霍雷的撒蒂雅軍醒來後再問問吧。

DEAD GAME 0306

三　十　年　前

一個小時後，楊雪臻比江宸和那名撒蒂雅軍的霍雷都還要來得早醒過來。

江宸和霍雷在受到音波攻擊前已經負傷，所以楊雪臻會比這兩個人早醒過來也不是什麼令人意外的事情。

「還好嗎？」

楊雪臻愣了一下，指著自己的耳朵苦笑道：「還好，只是耳朵怪怪的，聲音聽起來……嗯，悶悶的。」

「除了耳朵還有其他地方嗎？」白修宇問。那首樂曲的力量相當龐大，楊雪臻不過是個普通人類，不該只有耳膜受到傷害。

楊雪臻卻是搖頭，「真的沒事。」

白修宇皺眉，看來那首樂曲除了能對機械人形（機甲）的系統造成干擾外，或許還有其他的祕密。

又過了半小時，江宸也悠悠轉醒。

「那樂曲的力量，也許主要只針對主人、機械人形和機甲而已吧。」在得知楊雪臻受到的傷害居然比他們這些主人少時，江宸想了想，如此說道。

「算了，暫時不提這個。江宸，我想和你談談關於先前的交易。」白修宇隨意地坐在一塊土石上，反正全身都髒得差不多了，也不在乎多添加一些，「我答應和你合作，可是我不知道你還要不要繼續這場交易，因為你已經有了助手。」

「助手？我什麼時候有——」

江宸的話語一頓，想必是從拉切爾那邊得到了「噩耗」，下一瞬，他立即衝到霍雷身前，神情扭曲地瞪著他左腕上的手環。

「不、不要……我不要！不要！」江宸一手拎住霍雷的脖子，將他高高舉起，眼中充滿血絲。

被這樣粗魯對待，昏迷過去的霍雷悠悠轉醒。一睜開眼，便是看到一雙充滿血絲的恐怖眼睛，這倒楣的孩子只能發出不成聲的氣音，緊接而來的是一股無法自由呼吸的窒息感。

——他要被掐死了！這個認知讓霍雷恐懼，他痛苦地漲紅著臉，拼命抓耙著江宸掐住他脖子的手臂。

但江宸卻不動如山，只是眼中帶著厭惡和憎恨，直直瞪視著此時如螻蟻般渺小的霍雷，緩緩收緊五指。

白修宇冷冷望著眼前的景象，他有阻止的打算，畢竟他們還需要從霍雷那裡得知異界空間的真實狀況……只是現在還不是出手的時候。

從先前短暫的接觸，可以知道霍雷的性格自負，並且相當瞧不起地球人，像這種人總得先吃點苦頭，之後才會乖乖聽話。

驀地，卻聽到江宸發出一聲淒厲的哀嚎，他跪倒在了地上，左手按著剛才掐著霍雷脖子的右手。

霍雷重重地跌在地上，連一口氣都還沒喘過來，便再次陷入昏迷。

突來的異變讓白修宇不由得一驚，「怎麼了？」

江宸痛得咬緊牙根，口中依舊狠戾地喊著：「殺了他，我殺不了他，幫我殺了他！我才不需要什麼助手！」

「主人，不能出手，事情不太對勁！」

白修宇的雙眼微微瞇起，難道是這個異界人還有什麼詭異的防禦手段？

「主人，剛才江宸打算傷害霍雷時，卻被一股莫名的力量攻擊，根據我的計算，恰好是他用在霍雷身上的同樣力量返還。」

白修宇眼中閃過一絲深沉寒光，「是這個人做的嗎？」

黑帝斯難得猶豫地回道：「很抱歉，主人，我暫時無法給您肯定回覆……但我認為應該不是，他離開了機甲，根本無法啟動『同步』。」

「……」沉吟片刻，白修宇走到陷入歇斯底里的江宸身邊，一把揪起他的頭髮，揚手就是毫不留情地搧了他兩下巴掌。

「冷靜下來了嗎？」

江宸愣愣地望著白修宇，一臉的沒有反應過來。見狀，白修宇眉一皺，當下又是甩了兩巴掌。

「冷靜下來了嗎？」

依然同樣的問題，這一次，江宸倒是回過了神，他像是洩了氣的皮球，頹然地坐在了地上，聲音包含著誠心誠意的抱歉。

「我冷靜下來了……不好意思，讓你見笑了。」

「江宸，我有和你合作的意願，我也不會問你曾經發生什麼事，只希望你不要讓我覺得我的決定是錯誤的。」

白修宇的口氣在江宸聽來流露出幾分陰冷，但江宸也知道自己先前失態，不能怪他會把醜話說在前頭。

江辰緩和著語氣問：「之前那個主人……就是那個主人和那幾個莫名其妙的撒蒂雅軍，你能用你的技能確定他們是不是同一夥的嗎？還有那些撒蒂雅軍又是什麼來頭？」雖然他早早就暈過去了，但還有個拉切爾會幫忙交代來龍去脈。

對江宸來說，知道前方有個強大的對手已經很糟糕，如果那個對手又添加了生力軍，那真是慘到爆掉了！

「因為有你的例子，那個主人既然能追蹤到這裡，那麼他應該是擁有類似反偵測的技能。在考慮敵我實力差距下，我不敢貿然使用『心靈感應』，以免被對方發現。」

江宸怔了怔，心想白修宇不愧是「預知筆仙」選出來的合作對象，這一番話說出來臉不紅氣不喘，把他先前的負傷理所當然地當成踏板，而且對於自己的實力弱小絲毫不覺得可恥，在那種混亂的情況下還能分析出那麼多，沒有發動「心靈感應」引起那個主人的注意。

「不過，想知道問題的答案，我想倒也不困難吧。」

白修宇望向昏迷的霍雷，眉尾一顫，「心靈感應」立刻發動，直接打入意識深處喚醒昏迷的霍雷。

「還真是好用的技能呢！」江宸稱讚。

「也就只有這種用處了。」白修宇淡淡地回了一句，頓時堵得江宸胸口發悶，一口氣差點上不來。

白修宇直接無視江宸的古怪表情，望著霍雷持續發動「心靈感應」，「我沒記錯的話，你的名字是霍雷，嵐翼三號機的駕駛員。」

霍雷忍耐著身體的痛楚，露出輕蔑憎恨的眼神，「野蠻的落後文明種族，你憑什麼直呼高貴戰鬥員的姓名！」

「你的這句話告訴了我你不會老實回答我接下來的問題。既然你稱呼我為野蠻的種族……那麼不對你做點野蠻的事情，我想對你很失禮吧。」

一點小事沒有必要動用到「同步」的劍。白修宇頭也不回地喚了一聲：「雪臻。」

「讓我來吧。」楊雪臻手握匕首，剛才的經過她看得一清二楚，她寧可自己受傷，也不要白修宇有事。

「我來。」白修宇注視著一臉擔憂的楊雪臻，「我只是想證明看看我的猜測是不是正確的。放心吧，就算錯了，我有『同步』可以立刻治療，但是妳沒有。」

既然白修宇都這樣堅持了，楊雪臻也只好將匕首交給他，但她的心中多少還是有些竊喜，經過這些日子以來的生死相許，白修宇對她的重視雖還比不上李政瑜，不過比起以前那種不在意，顯然已經好太多了。

接過匕首，白修宇淡淡說道：「我們野蠻人有一種酷刑叫做凌遲，所謂的凌遲就是用小刀將犯人活生生的割下一片片的肉，至少要割滿一千片，割至最後一刀時犯人才能斷氣……用說的高貴的駕駛員先生可能沒什麼感覺，我想稍微示範一下好了。」

白修宇徒手撕開霍雷胸前的防護服，手起刀落，頓時一片薄約零點五公分左右的肉片平整地飛落下來。

霍雷慘叫一聲，隨即想起高貴的自己絕不能在野蠻人面前丟臉，咬住下唇再不發出一點聲音。

這一刀，讓白修宇證明了自己的猜測。之前江宸剛掐住霍雷的脖子，並沒有受到任何返還的力量，而在霍雷快要撐不下去時，力量頓時返還到江宸的身上……

由此可推，那股返還的力量是在偵測到霍雷有生命危險時才會發動，但反過來說，只要沒有危及生命，就不會有任何問題了。

白修宇反手一轉，刀尖抵上霍雷的胸口，說道：「依照正確的順序，我應該先把你的乳頭給割了，然後割胸肌，再來就是——」冰冷的刀尖緩緩往霍雷的下腹移去，「你的生殖器官。」

一旁的江宸頭皮發麻，白修宇說這些話時臉色變也不變，語氣也是平平淡淡的沒有一絲抑揚頓挫……可就是這樣，才令人害怕！

面無表情的白修宇在此時的霍雷眼中看來，猶如冷血無情的惡魔，彷彿就要張牙舞爪地將他整個人撕成碎片！

「我說！我說！你們想知道什麼我都說！」霍雷絕不承認他是在害怕眼前的少年，他只是貫徹席格教官的教誨——當形勢比人強的時候，就要適當配合形勢，這樣才是一名合格的撒蒂雅戰鬥員！

「很好，你很聰明，這種情況下無謂的驕傲不會帶給你任何好處。」白修宇點頭向他比出了「一」的手勢，問道：「首先第一個問題，你知道我朋友為什麼會發出『那種聲音』嗎？」

霍雷想起了昏迷前所聽到的樂曲，瞬間臉色一白，「那是『降臨』……沒想到傳說居然是真的……」

白修宇眼含納悶，「麻煩你說清楚一點。」

霍雷也不在意白修宇命令般的語氣，現在的他只覺得天塌了，地也崩了，如果傳說屬實的話，撒蒂雅軍這百年來的努力不都是笑話一場了嗎？

霍雷顫顫說道：「這只是一個傳說，畢竟從來沒有人驗證過……在我們那裡，想要穿梭空間已經不是夢想，可是傳聞君王不能隨意穿梭，因為他的力量太強了……強到只要他的真身穿越空間裂縫，便會造成扭曲產生龜裂，無數的空間會因此崩壞……」

「那只是傳聞。」白修宇說道：「傳聞總是喜歡虛構和誇大，如果君王真的有那麼強，你們撒蒂雅軍的聖女應該也不差吧。」

霍雷慘笑一聲，「聖女只是我們的象徵，她所擁有的技能也只有——」雖然因為傳說的證實受到相當大的心靈衝擊，但他還是理智地中斷了這個話題。

白修宇也很乾脆地沒有繼續糾結，「那個傳說，麻煩你說下去吧。」

「傳說中，君王由於力量過於強大無法隨意穿梭空間，但他卻能藉由『降臨』暫時穿越到別的空間。」

「『降臨』是君王的技能？」白修宇問。

霍雷沉默了短暫的時間，沉聲回答：「也許是，也許不是……畢竟從來沒有人見過君王出手過。但是傳說中君王的『降臨』必須藉由一名異空間呼喚他真名的人才能借體降臨，而君王的真名……聽說是一首旋律，一首聽起來像是歌，卻沒有任何樂詞的旋律，只有獲得君王允許的人，才能唱出屬於君王的真名。」

說到這裡，霍雷看著白修宇的眼神變得黯淡，「剛才那個人唱的，我想應該就是君王的真名了。」

傳說，被證實了。

僅僅是詠唱君王的真名，便能發出那樣令人膽顫心驚的力量，那如果君王出手的話，又會是怎麼樣的境界？霍雷光是想像就有種冷汗淋漓的驚悚感。

「第二個問題，告訴我你們那個世界現在究竟是怎麼一回事？」

霍雷頓了一頓，提出條件，「可以。不過我也想要知道你們的機械人形到底對你們說了什麼？還有機械人形是如何供給你們力量的？」他在說出口的時候，心中其實非常忐忑，畢竟他現在是名俘虜。

「情報交換嗎？可以，我接受。」

出乎霍雷意外的，白修宇卻是一口答應了下來，將黑帝斯當初所說的恢復子民情感、規則以及「同步」等情報說得一清二楚。

霍雷越聽心越驚，愕然地問道：「那現在你的機械人形處於『同步』狀態了？太可怕了……帝國的科技……已經將機械人形發展到這種地步，能讓完全沒有技能的人類藉由晶片使用各種技能……」

「你說的是什麼意思？難道你本身就擁有技能嗎？」白修宇問。

霍雷沉吟了一會，挺起胸膛昂起脖子，一臉自傲地說道：「雖然我討厭你，不過我既然身為高貴的戰鬥員，說到的話就要做到，不然有負教官的教誨。」

白修宇不疾不徐地說道：「哦，是嗎？那就麻煩你說到做到了。」

聞言，霍雷臉色轉瞬變得怪異，好像活生生吞下一隻蟑螂，他說得這麼有氣勢有內涵有深度，這個野蠻人竟然簡簡單單就帶了過去？連點感想評論甚至建議也沒有？

如果教官還在的話，一定會笑著誇獎他的……一想起生死不明的教官，霍雷的眼光黯淡了下去。

不行，振作！霍雷，振作一點！你是教官一手帶出來的學生，要捍衛教官的榮譽，絕對不能給教官丟臉！一想起教官，霍雷立刻又打起精神。

似乎是發現自己過於失態，霍雷困窘地清咳兩聲，開始履行他的「說到做到」。

——在君王還未出現之前，統治帝國的當權者所實施摘除人類大腦情感區的計畫並沒有完全成功。

少部分的軍方人員從長官的異常中發現了當權者的計畫，帶領著親屬、朋友叛出帝國，後來又陸續救出許多平民，以聖女撒蒂雅為中心，逐漸形成一股不小的力量。

當權者雖然想殲滅叛軍，卻始終不得其法，團結的撒蒂雅軍讓他每次發起的戰爭都以失敗收場。

後來，三十年前當權者突然消失，但帝國卻沒有因此大亂，喪失情感的人民只知道遵守當權者的命令，重複他們每天該做的事情。

就在叛軍得到當權者失蹤的消息，以為時機到來，準備出軍攻打帝國解放被控制的人民時——一名自稱君王的男子出現了。

君王出現的時候，身邊還跟著幾名部屬，那幾名部屬似乎都沒有接受過情感摘除手術，他們自稱為君王的近衛軍，永生永世只忠於君王一人。

帝國的中樞電腦系統不知為何奉君王為主，而只接受當權者命令的人民們居然也接受了君王的命令。

故此，叛軍的高層們判斷當權者很可能已經死了，而當權者在死前用了一種不知名的手法，將所有的權力轉交到君王手上。

但這只是猜測。

當權者的生死成謎，君王的來歷也始終無法得到證實。然後，面對著兵臨城下的叛軍先鋒部隊時，君王只派一名近衛軍出戰。

那名近衛軍沒有駕駛機甲，從帝國城門口緩緩走出時，所有的叛軍都以為那位君王瘋了，居然只派一個人，一個沒有駕駛機甲的人面對七十架機甲。

可是結果證實，君王並沒有瘋——那個人只憑著一己之力便幾乎殲滅先鋒部隊！

DEAD GAME 0307

來自異空間的訊息

「當年我才十五歲，並沒有參加那場戰爭，可是留守基地的人都看著從戰場傳來的即時影像，那時我們都以為可以推翻帝國，可以拯救那些人民……那個人！」

霍雷的聲音透露出刻骨的恐懼，「我記得很清楚，我永遠也不可能忘記！那個人可以不靠機甲的增幅作用發出強大的技能！而且他還同時擁有好幾種技能，這簡直無法想像，當時我們所有看著即時影像的人都不敢相信那會是人類所能擁有的力量！」

「一個人，只憑著一個人在短短的半小時內就滅掉將近五十架機甲，如果不是指揮官撤退得快，當時的先鋒部隊也許就全交代在那裡……而那個人說他的力量是君王賜予他獻上忠誠的禮物！」

對於霍雷的恐懼，白修宇多少能夠明白，這就好像一個普通人對上數十名「同步」的主人，最後竟然是普通人取得勝利一樣的恐怖……不過白修宇還是有些疑問。

「機甲之於你們有什麼作用？」

霍雷深吸一口氣，收拾好情緒，「我們那個世界的人與生俱來便都會擁有一種技能，但是這種技能在平常無法使用，只能藉由機甲發揮。但也不是每個人都能成為高貴的戰鬥員駕駛機甲，每一架機甲都擁有自我意識，它們會從鍛鍊有素的士兵中選出一名駕駛員。」

「機甲和駕駛員之間擁有非常深的羈絆，機甲一旦毀壞，駕駛員即使活著，也無法再駕駛機甲戰鬥；而駕駛員一旦死亡，機甲也不會再有第二名主人。」

霍雷的這一番話，讓白修宇有種似是而非的熟悉感。

黑帝斯這一代的機械人形，應該就是源於機甲所創造出來的，只是能讓沒有技能（超能力？）的普通人藉由晶片使用技能，而且自主意識更強，尤其黑帝斯更是其中的佼佼者，完全不把主人放在眼裡。

霍雷惋然嘆息道：「機甲雖然可以藉由增幅系統發揮出駕駛員的技能，可是也有侷限，那就是駕駛員和機甲的『技能同步』……和你們的『同步』不同，機甲的『技能同步』源於駕駛員的精神力，也就是意志，而意志的來源便是駕駛員的情感。」

「想保護、想破壞的意志越強，那麼發揮出來的技能力量越大，但也會同時降低駕駛員和機甲的同步率，『技能同步』一旦歸零，那麼駕駛員的大腦將遭受破壞，最輕的傷害也是從此成為植物人，徹底廢了。」

「所以機甲都會設置最低同步率數值的保護，只要同步率降低到百分之五以下，系統就會自動解除『技能同步』，除非駕駛員已經豁出去，將它強制啟動。」

豁出去。這三個字白修宇向來不怎麼喜歡，因為會動用到這三個字的時候，通常已經是生死關頭，必須聽天由命。

而自從成為主人之後，這三個字總是時不時地出現在他的腦海裡，他太弱了，弱到只能豁出去才能存活下來。

霍雷四處張望了一下，突然問道：「喂，你們幾個野蠻人把我的同伴藏到哪裡去了？」

白修宇和楊雪臻面面相覷，敢情談了這麼久，這位高貴的戰鬥員先生才發現他的同伴失蹤了？

江宸倒是很不客氣地放聲笑了起來，「我本來想說你臭屁得要死，沒想到還是個慢半拍、啊，不是，是慢好幾拍的傢伙啊！」

「你這個野蠻人居然敢嘲笑我？」霍雷齜牙咧嘴，要不是被五花大綁著，他早就衝上去好好教訓這個傢伙了！

江宸哼哼兩聲，眼放凶光，「是啊，我不只嘲笑你，還很想殺你！我才不需要助手！要不是……要不是……我真想殺了你！」

江宸口中的助手令霍雷懵了，一臉不信地說道：「助手？就是要陪著你們這群沒有用的主人的保護者？說什麼笑話！像我這麼高貴的戰鬥員怎麼可能成為你這種野蠻人的助手！」

「哈哈，真是抱歉啊，你這位高貴的戰鬥員先生真的成為我這個野蠻人的助手了，不然你看看你手腕上戴的是啥米碗糕！」江宸皮笑肉不笑地說著，為什麼這個動不動就把高貴戰鬥員掛在嘴上的自大狂討厭鬼會成為他的助手？難不成這是想要活活氣死他的陰謀嗎？

霍雷連忙扭動脖子，努力往被綁在身後的雙手看去——左腕上，寬版手環閃耀著銀黑色的光芒，靜靜散發出一股難以形容的神祕感。

「怎、怎麼會……」霍雷瞠目結舌，野蠻人們剛才明明說過規則，助手是要經由本人同意才能成立的……如果要他成為一個落後野蠻人的保護者，那還不如直接殺了他算了！

白修宇一個皺眉，示意楊雪臻割斷霍雷的繩子。

「我現在放開你，但希望你不要採取愚昧的舉動——就算你的肉體經過強化，我想也不是兩個主人的對手吧？」

「哼！」霍雷故作輕蔑地撇過頭。

「很好，在這種情況下，我們的敵對沒有任何意義。我希望你能夠配合我們，畢竟我們想對付那位君王的心思絕對不會比你們撒蒂雅軍少多少。」

「……所以？」霍雷動了動耳朵，隱約聽出白修宇的言外之音。

「所以我們可以合作。」白修宇揚起淡淡的微笑，說：「我知道你不屑和我們這群落後野蠻人合作，可是你身為一名高貴的撒蒂雅戰鬥員，應該清楚，只要能夠完成任務，再大的恥辱都要甘之如飴。」

到。

「我的任務是找到Z173號。」

白修宇淡淡的微笑加深，像極了誘拐小孩的怪叔叔——可惜霍雷完全沒有意識到。

「你的任務就只是找到Z173號這麼簡單嗎？我想不是吧……當然，我也想找到那個Z173號，可是比起找到Z173號，你還有更重要的任務……」

霍雷的眼中綻放寒光，狠狠說道：「剿滅帝國軍，解放受苦受難的人民！」

「因此在剿滅帝國軍，解放人民之前，我們暫時合作如何？」扔出一個短期內絕對無法解決的目標，白修宇朝霍雷伸出了手，笑得異常誠懇而無害，「比起個人的小小恥辱，完成任務才是一名撒蒂雅戰鬥員的最高準則與榮耀。」

完成任務……獲得榮耀！霍雷眼中綻放星光，如果能夠成功解放人民，也就能夠救出教官了吧？要是教官知道他完成任務……是不是會揉揉他的頭髮，說他是他的驕傲呢？

對霍雷來說，教官就猶如他的父親，只要可以得到教官的認同與讚美，他可以為此豁出生命！

眼見霍雷目光閃動，直至堅定，看得一旁的江宸和楊雪臻都扭過了臉，再也不忍心繼續看下去了。

——這個人外表年輕，但少說也有好幾十歲了吧？怎麼會這麼好拐呢？給顆糖就巴巴地黏了上來……

剛拐霍雷上了賊船，白修宇驀地心神一動，卻是黑帝斯解除了同步，神情凝重地出現在他的眼前，而江宸的機械人形拉切爾也緊接著出現。

「主人，接收到來自帝國的訊息，您要現在觀看嗎？」

訊息？這還是黑帝斯成為他的機械人形後，第一次有訊息傳來，而且還是在發生那些事之後……白修宇點頭說道：「嗯，放出來吧。」

「瞭解。」

黑帝斯伸出左臂，頓時刷地一聲，他的手臂上浮現一條裂縫，投射出等比例縮小的影像，那是一名稚氣未脫的藍髮少年。但自從知道異空間的肉體強化手術，又有霍雷這個活生生的例子在，白修宇等人已經不會無聊到去猜異界人的年齡了。

藍髮少年露出大大的笑臉，顯得十分陽光活潑。

「喔斯！各位Master Game的參加者你們好啊！我先自我介紹一下，我是卡比，之後的訊息傳送如果沒有例外，都是會由我出現在各位面前的。啊，差點忘了，Master Game就是指你們所進行的主人對戰，這是不久前由我王所命定的正式名稱，希望各位參加者也能夠喜歡哦！」卡比一臉笑嘻嘻地說著，順勢在嘴邊比出一記勝利手勢，裝可愛的意圖十分明顯。

「廢話不多說，直接進入正題吧。來自我王的旨意，Master Game的第一階段晉升條件更動，尚未達到三勝的諸君，歡呼吧！你們將在一個禮拜後進入某座幸運中選的地球城市內，強制參與第一階段的最後決戰，能否成功晉級第二階段，都必須在地球時間一個月內做出分曉。」

「另外，從Master Game開始的地球時間二百一十六天以來，都還沒有參加者成功晉級第二階段，但由於有部分聰明的參賽者利用規則的漏洞累積出相當驚人的實力，這一部分的參賽者將自動晉級第二階段，所以現在如果有人收到系統提示晉級的通知請不要太驚訝喔，畢竟一切都是為了公平起見嘛！」

白修宇下意識地往江宸的方向望去，而江宸也極有默契地看了拉切爾一眼，隨即向他搖了搖頭，表示他並沒有晉級。

這個答案讓白修宇真不知道該不該慶幸，交易對象沒有晉級，他們還能繼續合作，可是這也代表了能夠自動晉級的至少都比江宸強上一些吧。

「根據系統統計，將參與第一階段最後決戰的主人總計有三十七名，而考慮到已經晉級第二階段的主人實力——嘿嘿，還是老話一句，為了公平起見！」

卡比輕輕拍了拍手，一張分析表頓時出現在白修宇的眼前。分析表的數字從一排到了二十三，只有數字一的表示線遠遠超過其他數字一截。

白修宇雙眼僅緊盯著數字一，他已經猜到這張分析表是什麼了，而那數字一……不知為何，他就是覺得只有「那個主人」才有資格佔據這個位置。

「各位參加者，你們現在看到的這張圖表就是晉級第二階段的二十三名主人技能擁有數量，總歸來說是非常平均的，除了第一位主人以外。」

「保密起見，我無法告訴各位那二十三名主人擁有多少項技能，但我可以透露在沒有天時地利人和的因素下，各位得擁有六項技能才足以和他們一較高下……所以，我想不用我說各位也猜到這次決戰的晉級條件了吧？」

卡比臉上的笑容更加燦爛，「沒錯，晉級條件就是六項技能！只要達到六項技能標準，系統就會強制晉級！」

「而無法在一個月內成功晉級的參加者，很遺憾地將由系統自動認定為失敗者，也就是——」

卡比瞳孔一縮，臉上的笑容瞬間變得詭異，雙手隨之大大張開。

「死！」

從原本的陽光男孩瞬間變成嗜血狂魔，這極端的落差讓江宸險險反應不過來，可他抬眼一看，白修宇、霍雷甚至是楊雪臻卻是面色如常，像是卡比的多變早在他們的意料之中。

忠於君王的任何人在霍雷看來都是一群變態，既然是一群變態，那變態的情緒當然是變來變去不可捉摸的了。

而楊雪臻從小就接受楊文彬的鍛鍊，楊文彬也常常是前一秒笑，下一秒馬上一記拐子丟過來訓練楊雪臻的反應速度；至於白修宇則是在白先生的壓迫中成長起來，要形容白先生也只有簡簡單單的一句話——世界上沒有最變態，只有更變態！

總歸來說，江宸是非常滿意白修宇和楊雪臻兩人的反應，因為那讓他更加肯定自己的選擇。

影像中，卡比再度迅速變回青春陽光美少男，伸出食指擱在嘴邊神情可愛地笑道：「決戰的時間一到，各主人所持有的機械人形會自動強制『同步』，將主人傳送至執行遊戲的城市內，由於降落地點是隨機發生，因此可能會有複數以上的主人傳送到同一地區的情況，請各位主人多加注意。」

「最後，在決戰開始的這一個禮拜前，為了讓各位主人和助手休養生息、補充戰備，我王非常體貼地下了以下命令——這一個禮拜內，禁止主人、助手之間的戰鬥或衝突，一旦發生任何戰鬥或衝突，將由挑起的那一方接受死亡的懲罰。」

「以上，第一階段決戰的相關資訊大概就是這樣了，如果有變動的話，隨時會發訊息通知喔。各位主人，aurevoir。」

卡比舉止瀟灑地行了一個告別禮，緊接著又是一個反差極大的右手揮舞，影像就此關閉。

「主人，訊息到此結束。」黑帝斯說道。

「……」

一時間靜謐了下來。

白修宇低頭若有所思，這突來的第一階段決戰和先前的事件有關嗎？君王是為了什麼決定舉行決戰？難不成，只是單純因為Master Game進度太過緩慢的關係？

「喂，白修宇，你怎麼看啊？怎麼會突然冒出這個碗糕決戰？」江宸問，他基本上是奉行肉體至上的ＩＱ無能派，不然也不會幾乎事事都依靠拉切爾和「預知筆仙」了，而現在既然有白修宇這個看起來挺聰明的合作伙伴，他樂得將問題丟給他，而拉切爾自然會幫他思考白修宇的回答。

白修宇嘆息一聲，淡淡說道：「疑點很多，看起來似乎是君王一時的心血來潮，但在我們經歷那件事之後……這些暫且不論，畢竟就算知道了君王的真實想法對現在的狀況來說也沒有用。總之，我們得利用這一個禮拜的時間好好想想計畫了。」

頓了一頓，白修宇望了望拉切爾，「對了，我一直有個問題想要問別的機械人形。黑帝斯，如果你願意告訴我，你也可以說……只是我會對你的答案不抱持期待。」不然他也不會詢問拉切爾了。

「主人，您這句話說得太肯定，真是讓我傷心呢。」黑帝斯微微一笑，躬身說道：「我承認有些時候我過分了一點，但我都是為了您好，希望您能從這場戰鬥中生存下來。」

完全不瞭解黑帝斯的江宸這時湊熱鬧地點點頭，望著白修宇指責似地附和：「嗯嗯，沒錯，對機械人形來說如何讓主人生存下來就是他們最大的宗旨，畢竟主人就是機械人形的一切嘛！拉切爾，你說我說的對不對？」

拉切爾眼中帶著溫柔，「是的，你說的沒錯。」只要是為了主人，就算要他成為一堆廢鐵他也再所不惜。

話不投機半句多，沒有經歷過黑帝斯的「特殊」，江宸他們是難以想像黑帝斯的惡劣，而白修宇也沒有訴苦的習慣，反正相處久了他們也就會明白。

「拉切爾，我想問你，你認為對你們機械人形而言，主人究竟是不是至高無上的？」

拉切爾想也不想，一臉認真地地回答：「我不知道其他機械人形的想法，但對我來說主人比什麼都重要。」

江宸一聽，抓抓臉頰，頗是不好意思地低下頭。

黑帝斯挑了挑眉，他已經料到白修宇的下一個問題了。

「第二個問題，規則規定一旦主人太久沒有戰鬥，機械人形可自行殺死舊主，尋找另一位新主；規則也規定，一旦戰鬥中發生違反規則的情形，機械人形必須殺死違規的主人……不管哪一點如果發生，我想問你，你是否真的會動手殺死江宸？」

這個問題存在白修宇的心中很久了，規則看似將決定權交給機械人形，可白修宇見過的機械人形（除了黑帝斯之外），幾乎都是主人至上主義，白修宇很懷疑機械人形究竟會不會動手？

如果不會動手，機械人形是否會受到懲罰？如果會動手，那麼機械人形是出於自願或是被迫？

黑帝斯的笑容一收，沉吟了數秒，說道：「主人，您的問題要是在之前，我可以很肯定的告訴你沒有如果，規則規定如何，那麼我就會如何做……但我現在有一個疑問。」

「我想你的疑問應該是——你怎麼會容許讓規則凌駕你自身的意志之上吧？」

白修宇語中的淡淡諷刺讓黑帝斯笑了一聲，「是的，主人，您說得沒有錯，關於這點我竟然從來沒有想過。規則是死的，我也沒有生命，為什麼我必須這麼尊重規則呢？」

拉切爾向黑帝斯拋去一記奇怪的眼神，他認為他這位同伴的論點很怪異，但也不知道為什麼，他卻又隱隱覺得同伴的說法十分合理。

甩去多餘的疑惑，拉切爾回答：「白先生，你現在一問，我也發現了問題——」

拉切爾話還沒說完，便聽白修宇口氣嚴厲地冷冷打斷：「不要用白先生稱呼我！」這個稱呼會讓他想起另一位「白先生」！

愣了一愣，拉切爾隨即好像什麼也沒發生，從善如流地改口道：「白修宇，我現在也才發現，對我來說明明主人才是一切，為什麼我會心心念念顧及著規則不放？」

黑帝斯瞇起眼，不知是不屑還是憤怒地一笑，答案已經很明顯了，既然帝國會給他們輸入假訊息，那對他們的系統作些手腳也不是不可能的。

DEAD GAME 0308

Mr. 三陪先生

五天後。

天空中，一對巨大羽翼撲哧、撲哧地搧動著，片片如黑雪般的羽毛在空中飛舞，慢慢變成光粒消散。

白修宇雙手合十，緊接著緩緩拉開，電流在他的掌間發出炫目而又危險的光芒。

輕喝一聲，只見白修宇掌中的電流化刃，剎那間鋪天蓋地的往巨大的嵐翼襲去！

嵐翼的駕駛艙內，霍雷緊緊握著操縱桿，嘴中忿忿地喃喃說道：「像我這麼高貴的戰鬥員，屈辱、屈辱、這真是太屈辱了……喀薩！」

嵐翼三號機．喀薩背後的光翼發出一陣閃光，喀薩巨大的身影在片片藍色電流中，以極快的瞬間移動在無以計數的半弧形光刃中，向數百公尺外的白修宇靠了過去。

雖然喀薩的速度很快，但光刃的數量卻是密密麻麻地彷彿要將整個天空淹沒。

徐志摩曾經說過數大便是美，龐大的數量容易造成視覺上的震撼，以白修宇目前的實力雖能化出如此之多的光刃，但其中所蘊含的力量並不大，最多只能電傷普通人罷了。

不過力量不大，卻也勝在數量眾多，就好像被一隻螞蟻咬了只是痛一下，但如果是被成千上萬的螞蟻咬了，那就是不死也重傷了。

可是身為撒蒂雅軍高貴的戰鬥員，又有喀薩的保護，就算是成億上兆的螞蟻，在霍雷看來一點也算不上什麼！

喀薩的身影消失、出現，而當喀薩一出現，面對的便是無數光刃的衝擊。可是再多的光刃，打在喀薩的護殼上時，也只是飛濺出點點電花，護殼連一點被電焦的痕跡也沒有。

白修宇眼中寒光一閃，光刃的攻擊頓時消失。

光刃的攻擊一停止，喀薩的行動也隨之暫停。駕駛艙內的霍雷握著操縱桿的雙手泛起明顯的青筋，他幾乎快將自己的牙齒給咬碎了。

他是誰？他可是霍雷，偉大的霍雷大人，立志將來要繼承教官「金色神風」之威名的高貴戰鬥員啊！可惡！可惡！太可惡了！區區一名落後的野蠻人居然敢這樣對待他？如果可以、如果可以他真想乾脆一掌把白修宇拍成絞肉算了！

不得不說，霍雷懂得表達情緒的詞彙相當稀少，不管是自誇的或是罵人的，翻來覆去似乎也就只有那幾個詞而已。

在霍雷正想著要把這可恨的野蠻人好好凌遲個一遍時，白修宇穩穩地站立在天空中，左手在虛空中輕輕一握，一把高約三公尺長，由電流化成的巨大弓箭出現。

白修宇展臂張弓，勁箭隨之破空射出！

這一箭非比尋常，迅疾如電，蘊含白修宇目前最大威力的電能，霍雷雖然老是喊著一堆落後、野蠻，卻也不敢小看這一箭。

「野蠻人，別小看我！」霍雷冷哼一聲，手中的操縱桿驀地液化，如水一般地附著在霍雷的手臂上。

就在操縱桿液化的同時，一道氣流在喀薩的胸前若隱若現的浮動，就在光箭即將擊中喀薩時，那道氣流瞬間形成尖錐狀，筆直地向光箭撞去了！

兩者相撞，光箭爆出凶厲的光芒，氣流卻仍然不起一絲波瀾，但下一瞬，只聞幾聲嘶嘶輕響，猛然一股爆力蕩漾散開，白雲被這股爆力衝散，而地面也掀起一陣數丈之高的沙塵。

「主人，目前『技能同步』由百分之百降為百分之九十四，由於處於戰鬥狀態中，因此無法開啟同步率復原系統。」機械式的男聲在駕駛艙內響起。

「不過才浪費百分之六，野蠻人豁出全力的技能也不過是這麼點程度而已！」

機甲的「技能同步」雖然會隨發動次數以及威力而降低，可是在非戰鬥的狀態下回復也非常快的，尤其是越新的機種回復越快，畢竟機甲的開發是隨著時間進步、改良。

以喀薩來說明，嵐翼系列為撒蒂雅軍開發的最新機種，平均每三十秒可回復百分之一的同步率。

這個系統也有一個非常致命的缺點，那就是在回復同步率時，所有的機甲皆無法行動。這也是當初為何教官在逃到地球時，沒有要求他們開啟同步率復原的理由，因為這樣一來如果有敵人來襲，關閉系統的時間差足夠他們成為天堂居民的一員了。

儘管科學家們致力改善於這個缺點，可是就像無法消除的詛咒一樣，每一代的機甲都無法擺脫。

但黑帝斯這一代的機械人形卻消除了詛咒，而且功能更進化、更強大，甚至是在沒有主人「同步」的情況下能夠自行發動專屬技能……君王手中掌握的科技力量，顯然已經超越撒蒂雅軍許多。

射出目前最大威力的一記光箭，白修宇只覺全身的力氣都被掏空了，背後的黑色羽翼消散，從空中直直地往地面掉落。

聽著耳邊呼嘯的風聲，白修宇面上沒有一絲驚慌，依舊冷靜如常。

「可惡、卑鄙、無恥的野蠻人！」

伴隨著霍雷經由擴音器放出的怒吼，快速移動的喀薩穩穩地接住白修宇的身體，一股氣流同時緩衝下墜時的重力加速度。

「你這個野蠻人不要太過分了！我是高貴的撒蒂雅軍戰鬥員！為什麼我現在得什麼東西降貴地得陪打、陪幫還有陪救！你把我當成皮粗肉厚的沙包了嗎！？」

黑帝斯自動解除「同步」，笑得優雅而迷人，「連紆尊降貴這句話也說不出來，呵呵，戰鬥員先生，你果然很高貴。」

「你這個野蠻人的野蠻機械人，不要以為我聽不出來你是在諷刺我！」

黑帝斯點點頭，笑道：「沒想到我們的戰鬥員先生不只高貴，還很聰明呢。」

「我說過不要以為我聽不出來你是在諷刺我！」霍雷再次抓狂地怒吼！

火爆的霍雷，自然也有個火爆的喀薩，平板的聲音遮不住其中蘊含的憤怒，「主人，請下命令，讓我為您剷除這具瞧不起您的機械人形！」

雖然在機能上最新的嵐翼比不上新一代的機械人形，但智能卻絲毫不遜色，而且同樣具有強烈捍衛主人一切的意志……當然，免不了俗的又得提一句「黑帝斯例外」。

「好了，黑帝斯，麻煩你不要再捉弄他了。」距離地面不過剩下兩、三公尺的高度，白修宇輕輕鬆鬆地從喀薩的掌中一躍而下。

黑帝斯緊接在他之後跳下，「呵，主人，您誤會我了，我只是覺得戰鬥員先生的反應很有趣。」

聞言，霍雷氣得頭頂都快冒出煙來了。

「所以這就是捉弄了。」白修宇無奈地說，他不信黑帝斯會不明白。

李政瑜迎了上來，一邊走還一邊吐著嘴裡的沙子，苦著臉說道：「我說心肝小寶貝啊，你們練打歸練打，不要總是送土產給我好不好？」

白修宇看著灰頭土臉，抖一抖還會有一堆灰塵掉下來的李政瑜，眼中充滿難以抑制的笑意。

「抱歉了，政瑜，我不是故意的。」

李政瑜大大地嘆息一聲，說道：「我當然知道你不是故意的，我的修宇寶貝怎麼可能——」

李政瑜微微側頭，頭也不回地接住了一把小刀。

「楊同學，每次都來這一招，妳不膩我都煩了。」李政瑜轉過身，滿臉輕佻的笑容。

楊雪臻流利地把玩著手指間的小刀，笑得比面具還假，「李同學，那就要看你什麼時候不吃修宇口頭上的豆腐了。」

李政瑜吃驚似地倒退一步，張口說道：「唉啊，楊同學，難不成妳的意思是叫我與其坐而言，不如起而行了嗎？沒想到妳還挺大膽的嘛。」

「李、政、瑜！你不要老是故意曲解我的意思！」楊雪臻額頭冒出憤怒的青筋，手腕有如彈簧般揮出一記刺拳！

像是早就料到楊雪臻會動口兼動手，李政瑜上身迅速往後一移，避開了楊雪臻的攻擊。

一拳落空，楊雪臻再度連揮數拳外加好幾記迴旋踢、高飛踢，大有不打死你我不罷休的氣勢。然而李政瑜也不會乖乖任由搓圓捏扁，只見他腳底踩著靈巧詭祕的步伐，楊雪臻的攻勢都是擦身而過，就像是在故意挑釁似的。

「唉啊唉啊，猩猩女，注意形象啊，注意妳身為氣質『猩』少女的美好形象啊。」

很明顯，李政瑜確實是在故意挑釁。

滿頭大汗的江宸緩緩走了過來，看著那拳來腳去、刀光劍影的一貓一狗，眼中充滿讚嘆和羨慕，「好厲害……阿宇，阿臻說得沒錯呢，光有強大的力量卻沒有足以匹配的技巧，是很難在往後的戰鬥裡生存下來的。」

白修宇一怔，這才反應過來「阿臻」指的是楊雪臻，阿宇指的是他……看來江宸很喜歡替人取台味十足的綽號啊。

「啊，阿宇，你的表情和阿臻剛才的好像喔！她聽到我這麼叫她的時候也是露出這種複雜糾結的表情說。」江宸一臉發現新大陸，眼睛閃閃發光，「你們兩個真有趣，說不定等一下阿政也會露出一樣的表情呢，好期待喔！」

白修宇揉揉眉間，腳步不自覺地往後挪了一挪，「江宸，雪臻的訓練如何？你還承受得了嗎？」他轉移焦點，不想繼續這個沒有營養的對話。

江宸非常乾脆地點頭說道：「嗯，完全承受不了。這五天來，她可是讓我徹底明白什麼叫做天使的外表魔鬼的心腸。要不是每次快撐不下去時阿臻就讓拉切爾給我同步治療，我早就掛上千八百遍了。」

「沒有辦法，你幾乎沒有受過這方面的訓練，現在也只能臨時抱佛腳，這些訓練在之後的戰鬥可以救你一命也說不定。」

「我也知道，所以才會乖乖照著她的話做啊，傻傻地去打木頭人、傻傻地被她摔來摔去……」

江宸皺了皺鼻子，娃娃臉的他做起這個動作也帶了點憨態可掬的味道，「以前我都是靠『預知筆仙』這些輔助技能僥倖勝過其他主人，第一階段還撐得過去，第二階段、甚至第三階段那就很難講了，尤其是在助手進化之後。」雖然被強迫綁定了助手，可是江宸已經將他們選擇性遺忘。

「……這些也是『預知筆仙』告訴你的？」白修宇沉吟了一會，問道。

「那當然了。」

「江宸，身為合作者，我希望你能盡可能活得久一點，所以我必須提出一個建議……你最好不要太過依賴『預知筆仙』，那是一把雙面刃。」

凡事有利必有弊。「預知筆仙」預知了未來的走向，而江宸也都毫無疑慮地接受、施行「預知筆仙」的意見，可是就好像「那個主人」能藉此反偵測找出他們的行蹤，說不定將來還會遇上可以反制「預知筆仙」的技能。

「雙面刃……」江宸抿起了嘴唇，說道：「我明白你的意思，可是我相信拉切爾的技能。你不也是因為這樣，所以才沒有對阿政使用『心靈感應』嗎？」

白修宇驀然一震，瞬間沉默了下來。

如同江宸所質疑的，那一天當李政瑜痊癒醒來後，白修宇馬上就問了李政瑜昏迷前究竟發生什麼事，而李政瑜只回了一句話——我什麼也不記得。

江宸認為他在說謊，黑帝斯也要白修宇發動「心靈感應」來確認李政瑜的內心。他選擇相信李政瑜，相信李政瑜就算是說謊，也一定是為了他好。因此他沒有追問下去，更沒有對李政瑜使用「心靈感應」。

——唯一的摯友，比血親更加重要的羈絆，如果他連李政瑜的話都不能相信，那麼這個世界上還有什麼值得他信任的存在？

白修宇低垂眼簾，「抱歉……是我管得太多了。」

呃，糟糕，氣氛被他搞得有點尷尬了咧。江宸摳摳臉頰，他剛才並沒有想要指責白修宇的意思……好吧，是有稍微一點點想抱怨啦！他也在反省了，自己都幾歲了，怎麼還小氣到跟個未成年人計較這些呢？

白修宇深深吸了口氣，再抬起眼時，又是一副淡然如昔的模樣，「既然這樣，江宸，你可以用『預知筆仙』看一下這場決戰大致的走向嗎？」

「好啊，我也還沒預測這次的安危呢。」江宸喚出了「預知筆仙」，「預知對象——機械人形『拉切爾』的主人『江宸』，以及機械人形『黑帝斯』的主人『白修宇』。預知事物——第一階段最後決戰，兩人是否能夠安全晉級。」

鮮紅色的箭頭一顫，淡金色圓盤逐漸在兩人的面前消失。

江宸瞪大了眼睛，「消失了……拉切爾，這是怎麼回事？『預知筆仙』？『預知筆仙』！快給我出來啊！」

白修宇瞳孔一縮，說道：「果然出了問題。」

「什麼出了問題？」一見到狀況不太對勁，李政瑜立刻竄到白修宇的身邊，楊雪臻也顧不得生氣，緊跟在後。

白修宇問道：「江宸，你曾經說『預知筆仙』告訴過你，你可以通過第一階段，但那時候根本沒有什麼最終決戰的事情，對吧？」

江宸望向他，神色恍然地點點頭，像是尚未從「預知筆仙」消失的震驚中回過神來。

「……這樣看來，『預知筆仙』所預知的未來全被改變了。」

「怎麼可能！」江宸宛如被踩到尾巴的小貓般，揮舞著手腳說道：「『預知筆仙』所預測的未來從來沒有失誤過！」

白修宇搖了搖頭，和江宸激烈的反應相對，他的表情、語氣依舊淡漠，「江宸，我並不是說『預知筆仙』失誤，而是未來被改變了。」

「未來本來就不是一種只有單一答案的選擇題，而那個帝國既然能賦予『預知筆仙』這種匪夷所思的技能，那麼我想也應該有人擁有同樣的技能，可能是近衛軍的某個人，又可能是……那位君王。」

不然事情絕對不會如此的巧合。

「降臨」的君王一返回異空間的不久後，他們就收到第一階段最終決戰的訊息，再來便是江宸要預測最終決戰時，「預知筆仙」便消失了……這一切，用多心來形容都會覺得自己太過含蓄了，簡直是在故意針對他們。

但讓白修宇不解的是，為何君王會針對他們？明明同樣都是Master Game的主人……

「沒有錯，以君王那個變態的變態性格，絕對會做這種變態的事情！」霍雷義憤填膺的聲音驀地從後方傳來。

白修宇的眼角餘光看到黑帝斯露出異常愉悅的微笑，下一瞬，便見黑帝斯轉身笑道：「戰鬥員先生，請問你知道主人他們剛才在談些什麼嗎？」

霍雷臉上出現困窘的表情，但嘴上仍倔強地說：「我管他們那群落後的野蠻人說什麼，反正君王和他的近衛軍都是一群變態，變態的人做任何事情都是有可能的！」

「呵呵，不愧是高貴的戰鬥員先生，居然能提出這麼有見解的理論呢。」黑帝斯笑得很開心，霍雷的臉色變得比木炭還來得黑。

「說過多少次了？不要以為我聽不出來你是在諷刺我！」他說著，握緊拳頭全身氣得簌簌顫抖。

「黑帝斯，請你恢復『同步』。」白修宇頗感無奈地說著，黑帝斯似乎挺中意霍雷的，這幾天來已經捉弄他不下數十次了。

但也不能怪黑帝斯無聊，因為霍雷的反應……真的很有趣。而且不管被捉弄多少遍都還是同樣會上鉤，就連白修宇也是第一次遇到這麼有趣的類型。

嘴裡總是喊著高貴的戰鬥員、落後的野蠻人，一副驕傲到鼻子快要高到頭頂上去的樣子，卻讓人討厭不起來。

「主人，真是讓我傷心，您總是喜歡打斷我和高貴的戰鬥員先生聯絡感情……」

「不要太瞧不起人了！誰要和你聯絡感情啊！」

霍雷向黑帝斯用力地比出一記中指，這是李政瑜教他的，說這是一種非常優雅地

0100101011110001
0010001

表示出心中不滿的動作。

霍雷雖然不認為落後的野蠻人能有多優雅，可是入鄉隨俗，只要能夠表達出他百分之一以上的優雅他就勉勉強強地接受了，而且更重要的是這個動作確實能夠讓他稍微發洩一下情緒！

「高貴的戰鬥員，請你相信我，光只是這樣稱呼你，就讓我覺得我們之間的感情已經加深了。」黑帝斯輕輕一笑，食指輕點白修宇的額頭，身影瞬間消失無蹤。

「白修宇！我討厭你的機械人形！比討厭你們這群落後的野蠻人更討厭！」霍雷跳腳說道。

「霍雷麻吉，相信我，我比誰都明白你的心情。」李政瑜感同身受地拍了拍霍雷的肩膀。

霍雷的眼神感動，雖然高傲地昂起脖子，言語卻十分真摯地說道：「政瑜麻吉，在這群野蠻人當中，也就只有你是我願意接受的朋友了。」

白修宇的頭有點痛，但嘴角難以克制地揚起，李政瑜在待人處事上實在是太有他的一套辦法了，連那麼任性的大少爺在短短幾天內就已經和他麻吉來麻吉去的。

話說回來，能和李政瑜混得這麼熟，看來不只外表，霍雷連心理年齡也很青春啊……

「霍雷，我這次的戰鬥喀薩分析出來了嗎？」

「出來了，拿去。」霍雷撇嘴，一邊扔出一片不過兩公分大小的晶片，「五天來進行七場戰鬥的數據都存在這裡了……可惡！為什麼像我這麼一個高貴的駕駛員得陪你做這些事情！」

白修宇在晶片上輕輕一按，霎時晶片劈里啪啦地放出一堆投影數據，「如果你不喜歡，我也不介意你駕駛喀薩，滿世界亂跑找你那兩位失蹤的同伴。」

「你、你不要以為我非跟著你們不可！」

那一天，李政瑜傷好後，霍雷迫不及待地便重新啟動喀薩，想要趕快尋找同伴的所在，沒想到通訊系統居然被鎖定無法使用！

沒有通訊系統，霍雷無法和同伴聯繫，更別提如何從同伴那裡獲取他們目前的座標了。

就在霍雷進退兩難之際，他忽然頭一昏，就這樣華麗麗地暈倒過去，最後還是喀薩發出求救，讓白修宇等人將他從駕駛艙內扛出來。霍雷之所以暈倒的原因也很華麗麗——因為他餓暈了。

經過肉體強化手術，好幾天不吃不喝也不要緊，但每隔一段時間還是需要補充身體所需的營養和能量。

而霍雷可以說其實是個被保護得很好的大少爺，在還沒來到地球時，撒蒂雅軍中有專人負責戰鬥員的營養攝取。

到了地球後，另外兩位同伴深知霍雷的蠢真性格，所以在尋找Z173號的過程中總是不忘提醒霍雷服用營養膠囊（可補充戰鬥員所需的基本養分以及飽足感）。

營養膠囊用完後，也只有另外兩位同伴著急，大少爺是根本不知道這些事，反正他的想法就是該吃飯時自然有人叫、有人給，其他的什麼也不用擔心！

也因此，被保護得很好的某人從來沒有餓過，自然他也不明白什麼叫做

「餓」……

當時，在判斷出霍雷居然是餓昏了的那一剎那，就算是白修宇的眼角也幾不可見地一個抽搐。

後來的事情很簡單了，白修宇他們可沒有什麼營養膠囊，但也不好讓霍雷活活餓死，李政瑜便主動拿出儲存在「倉庫」裡的各類小吃和幾瓶汽水。

「倉庫」就像是個能夠停止時間的保存盒，除了不能置放活物，就再也沒有什麼缺點了，因此李政瑜拿出那堆擔仔麵、滷味、貢丸湯和汽水時，都還是熱呼呼或冰涼涼。

本來喊著野蠻人食物餓死也不吃的霍雷在聞到那撲鼻的香味後，一臉勉為其難地風捲殘雲過，然後……就這麼一直留了下來，李政瑜也因為「慷慨贈食」，給霍雷留下不錯的印象，這過程比釣魚還簡單。

DEAD GAME 0309
死亡

「我沒這麼以為，你想走，就可以走。」白修宇說著，兩隻眼睛專注地鎖在光影數據上。

「我、我、我就走給你看！」霍雷氣噗噗地轉過身，走三步卻又退兩步，神色遲疑地說道：「喂，野蠻人，我、我、我真的要走了！」

對於這個活寶，白修宇已經無話可說了。

李政瑜主動搭住霍雷的肩膀，笑道：「霍雷麻吉，你不要生氣了，你也知道修宇就是這個樣子，悶葫蘆一個，但他怎麼捨得你走啊？你走了，還有誰對他那麼好？花時間、花心思地陪他過招，還讓喀薩分析他每一次的戰鬥……霍雷麻吉，你相信我！在我們的心目中，有你才有打敗那個變態帝國的底氣啊！」

李政瑜說得聲情並茂，霍雷聽得感動不已，直呼政瑜麻吉果然是最好的野蠻人朋友，渾然不知他的那位麻吉正在暗自偷笑，心想霍雷留下來主要還是因為吃，明明好幾天吃一點東西就夠的改造人現在卻每天三餐外帶下午茶點心宵夜地吃啊吃啊，本來平坦結實的小腹都開始有點鬆動了。

霍雷昂高脖子，頗是驕傲地說道：「看在政瑜麻吉的面子上，我就勉強善良地告訴你這野蠻人一個小小的訣竅好了，關於技能的應用。」

「哦，霍雷麻吉，我就知道你是個有肚量又大方的高貴戰鬥員！」李政瑜毫無廉恥地讚美霍雷，反正只要白修宇能得到好處，叫他扮小丑他也樂意。

霍雷故作姿態地點點頭，「嗯嗯，白修宇，你過來，這個訣竅對我來說雖然算不上什麼，可是我也不想給其他人知道。」說著，還挑釁般地瞥了江宸一眼。

江宸的脾氣也不好，捲起衣袖就想衝過去揍霍雷一頓，要不是楊雪臻抓著他，恐怕真的和霍雷動起手來了。

「白修宇，我們到喀薩那裡說話，免得被沒禮貌又粗魯又長得醜的野蠻人聽到。」霍雷扯了扯白修宇，神色得意地往喀薩方向走去。

江宸握緊雙拳，氣憤地跺腳說道：「該死！要不是……要不是……我早就能殺了他！」

楊雪臻微微皺眉，一遇上霍雷，江宸就會變得很暴躁，她雖是覺得這樣很不好，可是白修宇既然沒有插手的打算，那麼除非必要，否則她也只會袖手旁觀。

李政瑜伸了伸懶腰，朝江宸笑道：「江大哥，修宇和霍雷說不定又會打一場，好驗證那個小小訣竅到底多有用，趁這段時間我們去城市裡去補充一下資源吧，畢竟再過兩天……說不定想補充也沒得補了。」

李政瑜這麼一提醒，江宸的怒火多少也降了點，「好，那先回我的兔子窩二號一下，補充一點東西。」

俗話說狡兔三窟，江宸自認是一隻狡猾的兔子，所以除了之前被撒蒂雅軍毀壞的山壁，他另外還有在深山野林中開闢幾個隱藏基地，反正只要有「任意門」，他想去哪裡都不過是轉眼間的事情罷了。

李政瑜同意了他的提議，不同意也不行，「任意門」又不是他家修宇寶貝的東西，問道：「霍雷的手環你不用嗎？」

江宸露出「你在開玩笑嗎」的誇張表情，「與其用那傢伙的手環，我倒不如撞豆腐去死算了。」就算得揹背包，他也甘之如飴！

「好吧好吧，當我什麼都沒說。」李政瑜投降似地舉起雙手。

江宸蠕動嘴唇，嘆息一聲，臉色頗是憋屈，「『預知筆仙』被鎖定，沒有辦法使用，我真的是不太習慣，都不曉得該怎麼準備東西才好……拉切爾，不是你的錯，也許過陣子又能用了吧。」他安慰著「同步」中的拉切爾，也順便安慰自己。

頓了一頓，江宸緊接著說道：「你們在這裡等我，我等等就回來。」

一起去不就好了嗎?李政瑜剛想說這麼一句，就見江宸指了指楊雪臻，「我看阿臻好像有話想跟你說，所以就這樣啦，回見!」他叫出「任意門」走了進去。

李政瑜視線轉向楊雪臻，總覺得她的表情怪怪的，卻又說不出哪裡奇怪，「好吧，楊同學，妳有什麼事情要跟我說?」

「李政瑜……我討厭你。」楊雪臻張了張嘴，吐出了這句話。

李政瑜的下巴差點掉下來，愕然道：「不會吧?楊同學，妳討厭我我討厭妳這件事不是早八百年前我們就很有共識了嗎?妳不會無聊到想找話題和我吵吧?」

楊雪臻瞪了他一眼，眼角眉梢流洩出幾分的嬌媚，可惜她不自知，和她對立的李政瑜更是不懂得欣賞。

「我討厭你，你總是能幫修宇那麼多的忙，不管是之前的那個『降臨』，還是……可是我、可是我……」楊雪臻咬著下唇，再也說不下去。

李政瑜心思幾轉，瞬間明白楊雪臻為什麼會如此頹喪了。這段日子以來，幾乎都是他在霍雷和江宸之間周旋，為白修宇謀求最大利益，而楊雪臻的個性決定了她無法拉下臉做那些事，最多只能幫忙教導江宸戰鬥的技巧。

抓抓頭，李政瑜凝視著低頭不語的楊雪臻，突然用力地彈了一下她的額頭，「笨——蛋！」

「你幹嘛打我！」楊雪臻雙手捂著被彈得發紅的額頭。

「因為妳是笨蛋，看看打一打能不能敲醒妳。」李政瑜理直氣壯地說，隨即卻又大大地嘆了一口氣，「『降臨』那個，我都不記得了，而且也不是我幫忙，是那個君王幫忙才對吧？」

「我很不想說……很想就這樣讓妳繼續頹廢下去，不過讓妳這樣繼續下去，對修宇可是一點好處也沒有啊。」

楊雪臻秀眉一皺，眼中充滿疑問。

「妳只要在修宇的身邊，不管修宇做了什麼，都一直待在修宇身邊……讓修宇知道他不是一個人，這樣就是幫修宇的忙了。」

——也許就算死了，就算百轉輪迴，都會一直記得吧？那個血腥的夜晚，那個讓修宇從此陷落無間地獄的夜晚。

陪著陷落地獄的，還有他，還有隆一。

但是，隆一死了，只剩下他……

他明白，修宇的身邊不能只剩下他，因為如果連他都死了，修宇真的就再也撐不下去了。

李政瑜想著，緩緩閉上了眼，指尖隱隱顫抖，嘴角卻漫開一抹悽慘的微笑。

——隆一，我能夠明白你的選擇，我和你都一樣……都是卑劣自私的人，只要修宇能夠活下去，要犧牲多少人都無所謂，而就算修宇會活得生不如死，也希望他活下去……

所以李政瑜必須培養出另一個值得白修宇重視的人，楊雪臻便是目前最好的選擇，她愛著白修宇，哪怕白修宇並不愛她，滿心只想著利用她，她也絕對不會背叛。李政瑜有這個自信。

楊雪臻沉默了好一會，正色說道：「聽你這麼說我還是不明白，因為你根本沒有想要對我解釋的意思吧？不過……不明白也不要緊。」她的雙眼一瞬也不移地凝視著李政瑜，「我只要知道我對修宇是有用的，是有存在必要的就夠了，對吧？」

李政瑜一怔，緩緩地笑了起來，「真是糟糕，猩猩女，雖然很高興妳這麼快就振作起來……我好像會迷上妳耶，要是妳喜歡的人是我就好了。」

楊雪臻哼了一聲，說道：「要是我喜歡的是你，對你就一點用也沒有了不是嗎？」

「沒錯，沒用的話我也就不會喜歡上。會以有用或沒用來決定要不要喜歡上某個人，那根本就不是喜歡吧。」

「難得李同學會說出這麼有見解的話呢。」楊雪臻笑著說，但只要有點腦筋的人都聽得出來其中的嘲諷。

厚臉皮的李政瑜當然是假裝聽不出來，非常心安理得地接受楊雪臻的「誇獎」，「我本來就是一個很有見解的新世代美少年了。」

「李同學……我果然很討厭你。」

李政瑜聞言，不禁笑了出聲，「楊同學，老話一句，彼此彼此啦。」

驀地，紅色木門無聲無息地出現在兩人的眼前，門後江宸一臉凝重地說道：「出事情了，快去把阿宇叫過來！」

「各位觀眾，記者正位於日本東京空中，各位觀眾請看——今天下午日本當地時間一點三十分左右，總面積高達兩千一百多公里的首都東京市突然被一片濃霧覆蓋！」

「根據消息指出，這片濃霧非常怪異，其他各都縣市政府用盡方式，也無法與東京內部取得聯繫，而且完全無法進入東京，似乎有一股莫名的力量將東京隔絕了起來！」

「目前日本各都縣政府已派遣科學家前往東京，並且向各國政府求援……」

五十吋大的電視螢幕上，呈現出一片白濛濛的景象，一望無際，彷彿是人間與黃泉的分隔。

白修宇等人神情凝重地看著現場轉播，尤其是白修宇的臉色更是難看——東京……泉野隆一的雙親，泉野本家就在東京！

解除「同步」的黑帝斯站在白修宇身邊，「主人，請您冷靜。就算您現在到東京也於事無補，而且在時間還沒有到之前我們也無法進去。」

「我知道，你說的我都知道……所以，我不會輕舉妄動的！」白修宇的眼眶充滿了血絲。

李政瑜顯然也擔心著泉野雙親的安危，「不是還有兩天嗎？怎麼那麼快就——」

「就算是兩天後，那時才知道的我們又能做什麼？」白修宇攢起雙拳，強迫自己必須冷靜，「現在才知道也有好處，讓我們可以準備得更多，準備更詳細的計畫，保護好伯父和伯母！」

「主人，我非常不想讓您的美好幻想破滅，但由於您太過緊張那兩位的安危，以至於忘記思考一件事了。」黑帝斯微微一個躬身，說道：「那件事就是——為什麼帝國現在就將決戰的都市公布出來？是為了讓我們有所準備，或是……帝國需要在那個都市準備什麼？」

「黑帝斯，你是不是知道什麼？是的話，就全部說出來！」白修宇的聲音帶了著急和些微的憤怒。

黑帝斯搖搖頭，回答：「主人，我很希望我能知道什麼，可是很遺憾我和您一樣，什麼也不知道，所以我只能提出主觀上的疑惑。」

白修宇沉默了下來，另外幾人也不發一語，黑帝斯的話不是沒有道理。

過了好一會的時間，楊雪臻率先打破沉默。

「是我想太多了嗎？自從君王出現以後，修宇，你有這種感覺嗎？好像一切都不順利。」

「我附議。」李政瑜舉手，「而且更確切一點來說，我覺得君王好像在針對我們。」

「我也附議。」江宸皺了皺鼻子，無法發動「預知筆仙」這件事讓他非常怨念。

「我附議一千次、一萬次！」霍雷精神滿滿地揮舞著拳頭，只要是能夠打擊變態的帝國變態君王，再小的事情他都非常樂意去做，即使他根本不知道白修宇他們究竟是在說些什麼。

「這件事我們心裡有默契就好，沒有必要繼續深入。」

白修宇微微一個擺手，表示話題到此為止。楊雪臻所說的他早就有這個感覺，可是卻什麼也沒辦法做，從江宸的「預知筆仙」被鎖定一事，不難發現其實他們這群主人甚至是機械人形，不過都是被君王掌握在手中的棋子，只要君王想，他們的技能就會被控制住……

「主人？」

白修宇回過神來，說道：「黑帝斯，你之前說的那些沒有錯，是我沒有顧慮到。如果帝國提早兩天公布決戰都市，是為了準備，那他們是想——」

白修宇的臉色忽然一變，突然跪倒在了地上，右手死死按緊胸口。

「修宇（主人）！」

「痛……」白修宇臉色蒼白，喉嚨發出痛苦的呻吟，心臟突然傳來的痛楚猶如一波又一波的巨浪衝擊著他的神經！

見白修宇痛到都將下唇咬出血，李政瑜想也不想地掰開他的嘴，把手腕伸了過去。下一秒，李政瑜的手腕便傳來一陣刺痛，而白修宇全身劇烈地發抖了起來。

「黑帝斯！快看看修宇到底怎麼了！」楊雪臻急得眼泛淚光。

白修宇向來是個很能隱忍的人，如果不是真的痛到受不了，他絕對不會因為疼痛而呻吟出聲，更不會那麼用力地咬著李政瑜，讓別人知道他究竟有多痛！

黑帝斯將手掌放在白修宇的胸口，查探他體內的情況，不一會，只見黑帝斯的臉色也跟著一變。

「怎麼了？」黑帝斯的表情讓楊雪臻心頭一震。

黑帝斯張了張嘴，不敢相信地說道：「……很正常，非常、非常的正常，無論是心跳、脈搏、血液濃度……全都很正常。」

「不可能！」楊雪臻瞪大了眼，耳邊聽到血液滴落到地板的滴答滴答聲，「你沒看到他很痛嗎？你沒看到嗎！」

「楊同學，我希望妳修正一下數量詞，麻煩改成他們，謝謝。」李政瑜冷汗涔涔，他的傷口已經深可見骨，但他卻沒有制止白修宇的打算，只要白修宇能夠藉此減少些痛楚。

「我知道主人很痛，可是這太奇怪了，他的身體指數一切都很正常。」黑帝斯的話語中充滿困惑，「主人的痛是真實的，可是他的身體卻沒有一點變化，似乎是……似乎是精神和肉體分開，只有精神承受痛苦！」

越說，黑帝斯本來一雙迷茫的深邃眼睛逐漸清明——是了，也就只有這個說法可以解釋白修宇現在的情況！

楊雪臻手足無措地說道：「我管是肉體痛還是精神痛！黑帝斯，你快點想辦法！總不能讓修宇一直這樣痛下去吧！」

「助手小姐，我是很強大的機械人形，不是很強大的萬能機器。」黑帝斯神情凝重，「同步」和機甲的維生醫療系統皆無法治療源於身體產生的疾病，這種精神上的痛楚也是同樣無法治療。

只是……為什麼白修宇會突然產生這種痛楚？黑帝斯的眼中浮現一絲銳利的寒光。

這時，白修宇的身體猛地顫慄了一下，鬆開緊咬李政瑜手臂的牙齒，緊接著眾人發現了一個無法置信的事實——

白修宇的呼吸居然停止了！

「怎麼……怎麼可能？」李政瑜頓時慘白了臉，他揪起白修宇的衣領，近乎瘋狂的大吼：「給我醒過來，修宇，你他媽的給我醒過來聽見沒有？不要給我裝死！這不好笑，一點都不好笑！」

怎麼可能會死？怎麼可能會死！

即使要死，也是他死在修宇之前才對！修宇得給他好好活到七老八十，盡情享受人生才行！

「給我睜開眼睛醒過來……醒過來啊……」

白修宇始終沒有睜開眼睛，李政瑜眼眶一紅，低頭埋進他的脖頸，哽咽失聲。

楊雪臻的腦袋一片空白，她哆嗦著嘴唇，無法相信上一刻白修宇明明還好好的，怎麼突然就、突然就……

「兩位助手，很抱歉打擾你們，不過我還是要麻煩你們冷靜一下，主人他並沒有死亡。」

就在兩人即將崩潰之前，黑帝斯低沉的嗓音迴盪在他們的耳邊——那向來令他們厭惡的聲音此時聽起來卻彷彿美妙的天籟！

「修宇……修宇沒有死？」艱難地吐出字句，李政瑜渙散的眼瞳逐漸聚焦，望向黑帝斯的眼神宛如就在看沉淪黑暗深淵之中唯一可見的光明。

「是的，我的系統並沒有提示任何主人死亡的訊息，而且最重要的是──」看著眾人屏息以待的表情，黑帝斯嘴角輕輕一挑，「最重要的是主人沒了呼吸，但我聽得見他的心臟仍在跳動。」

聞言，李政瑜連忙側耳聽著白修宇的心跳，正如黑帝斯所說，雖然非常微弱，但白修宇確實還有心跳……

「哈……哈哈……哈哈哈！」李政瑜喜不自禁地笑出了聲，用力抱緊白修宇，喃喃說道：「我的心肝小寶貝，我就知道你不會死！我就知道你不會死！」

聽到李政瑜的嘴裡又吐出這種肉麻到噁心的稱謂，楊雪臻的眼角狠狠地抽搐，她感覺她的拳頭很癢，可還是決定就忽略這一次，暫時不和李政瑜吵了。

這一連串的事情發生得太快太急，江宸好不容易才從白修宇忽然死了但又接著「死而復生」的巨大衝擊中回過神來，他皺緊眉頭，神情有些遲疑和擔憂。

「黑帝斯，你能知道白修宇究竟是發生什麼事情嗎？他這樣下去就算沒死……狀況也還是很危險吧？」

江宸的話令沉浸狂喜之中的李政瑜瞬間清醒，抱著白修宇著急地說：「對，黑帝斯，不能讓修宇這樣下去，天曉得會有什麼後遺症！」

江宸說的確實有道理，黑帝斯沉吟道：「恢復『同步』應該能暫緩缺氧對腦部造成的傷害，我也會盡量找出主人究竟是發生什麼問題，在這段期間我會切斷所有對外感應……因此主人的安全就只能倚靠諸位了，希望諸位不會令我失望。」

語落，他留下一抹慣有的輕蔑笑容，指尖輕輕點向白修宇的額頭，身影剎那間消失在眾人的眼前。

DEAD GAME 03 10

工　　具

「從今天起，你的名字是白修宇。」

白修宇抬起頭，面色漠然地望著那個和他長得異常相像，但年齡比他大上許多的男人。

白先生。一直以來，他都是這麼稱呼眼前的男人。

直到「誕生」後的第八年，自己終於有了名字，可是白修宇卻一點也不感到興奮高興，畢竟像他這種東西，擁有名字也並不代表什麼。

「好不容易有了名字，你的反應卻一點也不像個小孩子應該有的樣子。」白先生笑著說。但隱藏在那雙眼中的譏笑，白修宇看得分明。

「白先生，您曾經有過『小孩子』應該有的樣子嗎？」

「沒有。所以我也很好奇所謂的『小孩子』，到底該是什麼樣子呢？童年啊，愚蠢的天真、可悲的幼稚、脆弱的心靈……被剝奪了這些東西，哪怕外表再像個孩子，切開來一看，裡面也不過是隻恐怖的怪物。」

白先生輕輕揉著他的頭髮，看似關愛，白修宇卻只覺得一股冷冽的凜然氣息籠罩他的身體。

果然，他整個人被踹倒在地，臉部被白先生的腳緊緊壓制在地面。遭受到這樣屈辱的待遇，幼小的白修宇眼中沒有一絲一毫的憤怒，有的只是淡淡的譏諷。

白先生感慨似地嘆了口氣，「這張臉真討厭對吧？可是為什麼還會有這麼多人巴不得這張討厭的臉越來越多才好呢？」

「這張臉要多少就有多少，他們追求的不是這張臉，是『那個人』。」白修宇嘴角揚起，聲音帶著嘲笑：「你在這裡，我在這裡，只因為我們是最接近那個人的東西。」

「用東西來比喻自己，你這孩子真是一點也不可愛啊……」白先生腳下一個微微用力，儘管痛得令人無法忍耐，白修宇仍咬牙不發出一聲吭。

「先生，已經準備好了。」

聞言，白先生笑了一笑，退後一步，朝白修宇伸出了手，如同一位慈祥長者般的和藹，「你這孩子真是調皮，怎麼喜歡躺在地上呢？來，起來吧。」

白修宇垂下眼，無視白先生的「善意」，逕自站了起來，雙眼注視著那個站在門口，一臉漠然的男子。

「他是李胤，我的護衛。」白先生揉著他的頭髮，溫和地說：「你很快也會有一個護衛，我們這種東西雖然勉強稱為人，不過造價比真正的人昂貴多了，必須好好保護才行。」

明明剛才才因為他用「東西」來替代他們而不悅，現在卻又若無其事地提起……白修宇看著白先生，隱隱約約中，他似乎能看到很久很久以後的自己……

他和他都明白，他們的存在，是為了活著一步一步，慢慢走向瘋狂。

「你的護衛是他的小兒子，年紀和你一樣大，是叫做……叫做什麼呢？」看白先生的樣子，似乎是不記得了。

「李政瑜。」李胤說。

「李政瑜，對，是這個名字。這個名字很好，李家的孩子也很好。」白先生瞇起眼，笑著說：「比狗還要忠心聽話。」

白修宇難以理解名字很好和忠心聽話之間的邏輯關係，但不理解也沒有什麼關係，因為被拿來跟狗比較的李胤臉上表情依舊，絲毫不為白先生的貶低而有所波動。

「你看，很聽話吧？聽說把狗逼急了，狗還會跳牆，可是李家的人再怎麼逼，也不會跳牆，是嗎？」最後的兩個字是朝著李胤說的。

「是的，先生。」

白修宇冷冷地說：「我不需要一條狗。」

白先生無所謂地一笑，「不需要的話，那就殺了那個孩子算了？」

「……」

見他沉默不語，白先生對李胤說：「這孩子不要的話，就殺了他吧，你自己動手。」

「是。」

如果說白先生的要求是一種殘虐，那麼一臉若無其事答應了下來的李胤就是冷酷得令人心寒。

「……我不需要一條狗，可是有一個比狗還忠心聽話的護衛也不錯。」

白先生毫不意外地笑了起來，揉了揉孩子柔軟的頭髮，「真是善良又彆扭的孩子……不過善良很好啊，以後的日子才能更加痛苦的活著。」

「……」白修宇再次沉默以對。

「走吧。」

白先生不容拒絕地牽起白修宇的手，細長的手指膚色近乎慘白，他忍不住地想，這也許是死亡的顏色。

明亮的迴旋走廊寬闊得令人心慌，明明有三個人，卻只有兩種腳步聲迴盪，而那兩種腳步聲的頻率相似得像是同一個人所發出來的，不同的只是輕重的大小。仔細聆聽，除了腳步聲之外，李胤的呼吸同樣細不可聞，要不是能夠看到他，還會以為他根本不在這裡。

他們在一扇門前停了下來，白先生笑咪咪地將一把巴掌大小的匕首交到白修宇的手中。

「進去吧。」

白修宇低頭看著手中的利器，「你要我做什麼？」

白先生說：「解決一件廢棄品。」

「……為什麼？」他清楚所謂的「廢棄品」有另外處理的管道，根本不需要由他動手。

白先生撫摸他的頭，嘴角帶笑，無言訴說著：「你明白的」。

是的，他很明白。白先生要他這麼做，無非是想要讓他痛苦，不得解脫而已……對他們這種「東西」來說，善良不過是一種笑話。

「進去吧。」白先生又一次地催促。

手指慢慢攏緊，白修宇深深吸了一口氣，踏進那道門之中。

白修宇看到了縮在房間角落的「廢棄品」。

擁有名字之前，白修宇的名字，或者說代號是「三號」。

他不知道像他們這種「東西」到底有多少，但他知道，無論有多少，除了他之外，其他的都是「廢棄品」，「廢棄品」代表不被需要，將被如垃圾般地捨棄。

「廢棄品」的認定很簡單，五官長相和「那個人」有那麼一點不同的就是「廢棄品」、智商沒有達到「那個人」標準的就是「廢棄品」……那些把他們這種東西製造出來的人將自己當成了上帝，依照著希望得到的標準任意決定他們的命運。

房間裡的「廢棄品」年紀看起來和他差不多大，懷裡緊緊抱著一隻可愛的布偶，表情有些不安。當「廢棄品」看到他出現時，眼睛瞪得圓滾滾，不敢相信他們兩個人居然長得一模一樣。

「廢棄品」傻愣愣地望著他許久，「你、你是誰啊？怎麼長得和我一樣？」

「廢棄品」天真不解的表情令他感到淡淡的羨慕，還有盤旋在心中，揮之不去的悲哀。

這個「廢棄品」被放棄的原因，就是他太像個「正常」的孩子，而這種「正常」對他們而言卻是「異常」——所以，他成為了「廢棄品」。

白修宇沒有回答「廢棄品」的問題，反問：「你叫什麼名字？」

「廢棄品」眨眨眼，比出了代表一個一和一個七的手勢，童言童語地說：「我叫做十七號！你呢？你到底是誰，為什麼長得——」

驀地，一條血線飛揚，「廢棄品」的胸口淌出鮮紅的顏色，一臉錯愕地倒在地上，血色在逐漸冰冷的屍體上蔓延成湖泊。

白修宇看著「廢棄品」的屍體，他的一刀直中心臟，簡潔俐落。他想這個孩子應該沒有受到太多的痛苦才對。就算只是虛偽的憐憫也好，這是他唯一能為他做到的。

幾滴血濺在白修宇稚嫩的臉上，映襯蒼白的皮膚，只見他尖挺鼻樑下的薄薄嘴唇顫抖著。

——這樣也好。

就這樣不明不白的死去，其實也是一種解脫……有他代替他們活著，逐漸崩潰、瘋狂，成為另一個白先生就夠了……

「我是你的『哥哥』。」

他輕輕地說，儘管對方已經聽不見了。

白修宇走出房間時，空氣中夾帶著淡淡的血腥氣味，那股味道即使關上了厚重的鐵門，依然揮之不散。

「你這孩子真是的，臉髒了也不知道擦一擦。」彷彿父母包容調皮搗蛋的小孩，白先生拿出紙巾，溫柔地擦去白修宇臉頰沾染的血跡。

白修宇沒有閃避那微冷的手掌，筆直地注視前方的男人。「還有多少『廢棄品』？」

「數量不是問題，重點只在於如何安排他們，好讓你以後的日子不會無聊。」白先生擦乾淨了他的臉，「小孩子都喜歡玩遊戲，大人也只好想辦法讓小孩子能夠從遊戲中得到學習的機會。」

「……他們不是玩具！」白修宇拔高了聲音，眉心慢慢地擰緊，壓抑著內心的憤怒。

「『廢棄品』能夠得到再利用的機會，那就是他們最大的價值與喜悅了。孩子，捨棄你多餘的同情，同情連工具都算不上的『廢棄品』是無比可笑的……你如果堅持繼續懷抱這種情感我也不介意，只是你得知道一件事情——」

白先生將紙巾折好，看似要將它收回懷裡，卻是反手鬆開手指，紙巾輕飄飄地掉落，被他踐踏在腳底之下。

「你雖然是『完成品』，但你不是不可替代的。抱持無謂善良的下場，可能就是讓那群老傢伙覺得你不夠像『那個人』，最後的結果……呵，不用我說你也很清楚吧。」

人類，怎麼可能成為神呢？

然而人類從來不肯放棄這個妄想，一步一步利用科學的力量，創造出難以想像的事物，包括創造生命，然後任意決定他們的生死和命運，以此為傲。

他是「完成品」沒錯，卻不是唯一的，讓那些創造出他，自以為是神的人不滿意，他就會成為另一個「廢棄品」……

白先生摸著他的頭說：「放心吧，孩子，只要你乖乖地照我的話做，就不會被當成垃圾，畢竟你就算是一條狗，相處久了也會有感情的。」

白修宇不在意和一條狗相提並論，但他不能不在意被白先生當成玩具看待玩弄的那些「廢棄品」。

「你的上一任也是這樣……也是這樣『教導』你的嗎？」

儘管心知現在的自己根本不能跟白先生對抗，白修宇依然難以控制內心燃燒的悲憤怒火，微微側過了頭，不著痕跡地躲開白先生的手，略帶諷刺地說。

白先生眼睛微微瞇起，猶如暴風雨前的寧靜。驀地，白先生的食指動了一動，就在這時站在白先生身後的李胤也有了動作，竟是幾個跨步，將白先生和白修宇兩人給分隔開來。

見狀，白修宇不由得眉尾一挑，對於這個只要白先生一句話，就連親生兒子都能毫不在意說要殺了的人，他不相信李胤此時的動作是為了保護他。

「先生，在沒有得到長老們的同意之下，殺了少主人會給您帶來不小的麻煩。」

李胤揖身，音調平板地說道。

果然，李胤會阻止白先生對他動手，只是擔心他的死會給白先生帶來麻煩而已。

白先生原本緊抿的嘴唇鬆動，露出一抹與往常相同的溫和微笑。

「修宇，你真是個壞孩子，什麼你啊你啊的，就某方面來說我勉強也算是你的長輩，就算你心裡不願意，口頭上的尊敬也還是要有，記住了嗎？」

「……是的。我記住了。」

先前那孱弱的反抗已經是年幼的白修宇所能做出的最大反擊。雖然他名義上是白家少主，實際上卻沒有半點權力，要不是礙於白家其他人的勢力，可以說是白先生要他生就生，要他死就死。

「不要忘記了，我的脾氣不是很好，也不太擅長忍耐。」

說到這裡，白先生輕輕撫摸著白修宇的眼角眉骨，用著嘆息般的語調道：「尤其是對著這張臉的時候。」

白修宇看了白先生一眼，旋即眸光低斂，一副順從的模樣。

白先生滿意一笑，柔聲說：「玩完遊戲，接下來到了認識新朋友的時候了，以後要玩遊戲就可以和朋友一起玩，不用孤孤單單一個人。」

朋友？心裡雖是有些底了，但他還是為求確定地問：「您是指即將成為我的護衛的那個小孩？」

白先生點頭，「沒錯，就是李政瑜，從今天開始他會和你一起生活。現在是最容易建立感情的時候，你披著一層小孩的皮，隨便用些手段，就能讓他對你誓死相隨了。」

白先生說這些話時，一點也不顧忌站在他身後的李胤。白修宇有些懷疑李胤的無動於衷，該不會是因為他並不是從小就跟在白先生身邊，而是後來才指派給白先生的隨身護衛？

不，不可能。白修宇迅速推翻自己的推論，雖然和李胤只是初次見面，但他也能看得出來，李胤絕對不可能交由白家訓練之後才派給白先生的。

李胤是所有上位者都希望擁有的護衛，忠誠到眼中只有白先生一個人，要是白先生要他去死，白修宇相信李胤絕對會眼都不眨一下地去死……白修宇卻不想要像李胤這樣的護衛，一個活得毫無自我，滿心滿眼都只有主人的護衛……

白修宇暗自嘆息，就算他不想要，現實也逼迫他不得不要。他毫不懷疑如果那個孩子沒有達到白先生期望的目標，將會得到什麼樣的下場。

第一次見到李政瑜，他從來沒有想過對方會成為他一生的摯友。因為那時候的他覺得他只是一件「東西」，連人都算不上了，怎麼可能會能擁有朋友？

而且第一次見面，李政瑜表面上的態度雖然一副恭敬有禮，可是每當看著他或白先生時，那雙大眼睛裡充滿的是憤慫，而看著李胤時，則是一絲的委屈和怨懟。

也許是環境的關係，李政瑜的心智比起同年紀的小孩成熟許多，但再成熟也依然只是個孩子，能有這樣的表現，已經算是出人意表，值得讚嘆了。

白修宇自我嘲諷地笑了笑，在這種情況下如同旁觀者似地分析揣測，他果然就跟白先生說的一樣，是一隻外表披了層小孩子皮的怪物。

「你好，我是白修宇。」他伸出手，禮貌地微笑。

對面的孩子遲疑了許久，不甘不願地伸手回握住白修宇，發出細弱地有若小貓嗚咽的聲音。

「……李政瑜。」

李政瑜。

這短短的三個字，在很多很多年以後，依然清晰地迴盪在白修宇的記憶之中。

DEAD GAME 0311

記憶迴廊

一片漆黑的空間內，微光閃爍。

那並不是單純的光芒，仔細一看，每道微光都是一幕畫面的呈現，而當微光閃沒而又再次亮起時，原本的畫面便會消失，更換成另一幕畫面。

黑帝斯看著眼前一幕幕飛逝而過的畫面，他知道，那些畫面叫做「記憶」——屬於白修宇的記憶。

有的畫面光芒會變得非常耀眼，頓的時間也更久一點，這樣的畫面顯然就是白修宇想要牢牢記住的記憶；而光芒晦暗，急速閃沒消失的，便是那些白修宇並不覺得重要、不在乎的記憶。

畫面停留在那個說著自己叫做「李政瑜」的孩子的記憶許久時，代表白修宇非常重視這個記憶。

黑帝斯不明白，不過是只是個介紹名字，微不足道的往事罷了，為何他的主人這麼重視？而他的主人莫名「死亡」，難道就是為了放映出這些記憶？

毫無感情波動的眼眸閃過一絲冷光，他想起了那位助手小姐曾經說過，覺得君王似乎在針對他們的那一席話。

……不，他現在得先暫停思考君王針對他們和白修宇「死亡」之間的關連，即使這兩者真的有關係，對現在的情況也沒有任何幫助。

人類想要停止思考某件事是很困難的，越叫自己不要去想，反而更會陷入思考的迴圈；但機械人形卻不同，一旦決定暫停思考，就會將原先正在思考的事情丟到記憶槽的角落，這並不代表忘記，而是等到覺得適合的時間點，就會將那件事從記憶槽的角落提取出來繼續思考。

記憶的畫面持續播放，對黑帝斯來說就像只是在看一場電影而已，但對記憶擁有者來說，則是身歷其境，完全不知道自己正在「作夢」。

看到畫面那些培養槽中，都具備相似面孔的人形生物，黑帝斯的嘴角頗感興趣地揚了一揚。

「主人，我親愛可敬的主人，說我對於是具機械人形而感到自卑的主人……從您的記憶看來，該說您不愧是我所選擇的主人嗎？這就是所謂的半斤八兩啊，呵……哈哈哈哈——」

黑帝斯原本細不可聞的笑聲逐漸高昂起來，在這片漆黑空間內迴盪不去。

白修宇停下腳步，眉間猶帶困惑地回首望向來路。

河堤兩邊長長的蘆葦隨風搖曳，黃褐色的蘆葦花宛如在大地翻湧的海浪，又像是熱情的舞者翩翩起舞，向世人展現她充滿活力的曼妙舞姿。

「修宇，怎麼了嗎？」

他轉過頭，朝他的好友們露出淡淡的，卻真摯無比的微笑，「沒什麼……只是我剛才好像聽到有人的聲音。」

李政瑜的手掌搭在眉毛上，放眼看了過去，「報告修宇小親親，就我左右三點零的視力觀察，這條河堤目前只有我們三個人，沒有第四者的行跡。」

白修宇也不在意地搖搖頭，「我想是我聽錯了吧。」

「修宇。」提著野餐盒的泉野隆一喚了聲他的名字。

「嗯？」

「你是人。」泉野隆一指了指自己：「我是人。」跟著指了指李政瑜，一臉認真地說：「他不是人。」

白修宇愣了愣，有些反應不太過來，反倒是李政瑜立刻做出回應，皮笑肉不笑的嘴角僵硬地像是被石膏糊住了，猙獰得嚇人。

「我說愛哭鬼，你皮癢了，需要我幫忙撓撓了是不是？」一邊說著，李政瑜一邊摩拳擦掌，隨時準備撲過去好好給他撓一撓。

白修宇連忙隔開兩個人，苦笑道：「好了，你們兩個不要鬧了，小心打翻餐盒，浪費伯母的心意。」

李政瑜指著泉野隆一告狀：「可是修宇，他說我不是人！」

跟幼稚園保姆沒兩樣的白修宇哭笑不得，只能勸解：「你也說他是愛哭鬼，這樣說來你們兩個剛好扯平，誰也不欠誰。」

李政瑜垮下了臉，很是委屈地說：「修宇，你不公平，都只對隆一好不對我好，枉費爸爸我那麼疼你……」

摯友的一張嘴總是喜歡胡言亂語，白修宇已經非常習慣淡定以對，不過顯然另一個少年的心胸並不是這麼富有包容力。

「因為你是舊愛，我是新歡。」泉野隆一面無表情地說。

「……隆一，你的遣字用詞不太對勁。」白修宇的眼角微微抽搐。

泉野隆一歪頭眨了眨眼，迅速地更換遣字用詞，並且做更進一步的形容：「李政瑜是前浪，我是後浪，所以他理所當然要被我撲倒。」

「……」

這次李政瑜沒發火，反倒是樂了，頗帶深意地說道：「哈哈，真想認識一下教你中文的老師，他真是我的偶像，能把你教到這種程度，過程肯定是血與淚的交織，濃縮成一切盡在不言中啊！」

泉野隆一睨了他一眼，雖然還是沒有什麼表情，下巴卻可以看出向上傾斜了大約四十五度的角度。

「教我中文的老師曾經說過，我是一位相當優秀的學生。」

某人自我感覺相當良好，白修宇和李政瑜彼此對望一眼，同時大笑了起來。

畫面的光芒閃亮耀眼，停頓了很久很久的時間。

黑帝斯慢慢收斂起囂狂的笑聲，儘管他無法理解，他也能為白修宇重視的這段記憶做出定義——幸福、快樂、美好，想永遠停留在那個時刻。

透過記憶，黑帝斯見證了一具彷彿人偶的小孩逐漸成長為內斂卻擁有真摯情感的少年，而讓人偶成為人類的每個關鍵，不是李政瑜就是泉野隆一。

朋友。

黑帝斯還是無法理解，白修宇的外表看似溫雅，實際上冷酷又自私，明明是冷酷自私的人，在牽扯上「朋友」這個詞彙的時候，冷硬的心腸卻會柔軟到令人無法置信的程度。

在白修宇心目中，朋友於他的重要程度，就好比如果不是因為當初那場拙劣的騙局，黑帝斯猜想他的主人很可能會在萬不得已的情況下，寧可選擇自己死去也要保全泉野隆一的性命；泉野隆一也是同樣，寧可讓白修宇因誤會殺死他，也要讓白修宇能夠退出這場戰爭。

將他人的重要性凌駕於自身之上，這似乎是人類常做的愚蠢行為……這樣愚蠢的行為，卻讓一具人偶成為了人類。

人類有什麼好？那麼多的缺點、那麼多的劣根性……人類這種低賤的生物到底有什麼好？

——人類曾經經歷過的一切記憶，每一分每一秒經由大腦中的電流訊息通過神經突觸進行交流構成的性格、習慣……讓每個人類形成與眾不同、獨特的「自我」，直至死亡為止。

機械人形不能擁有這種每分每秒都無不在改變自身的過程，可是人類能藉由經歷改變性格、習慣，機械人形也能藉由「重灌」重新設定性格和習慣，就這一方面來看，機械人形顯然勝過人類許多——但這同時也是機械人形永遠無法勝過人類的地方。

機械人形的「自我」如果沒有人賦予，那麼將永遠只是一件可以回收利用的人形垃圾。

不，這不是最可悲的……

最可悲的是，機械人形哪怕擁有「自我」，也都是假的。

「全部……全部都是假的……」黑帝斯的表情寫滿陰鬱，他攤開雙手，注視著沒有一絲瑕疵的手掌，輕蔑地冷笑。

毫無瑕疵，等於完美。然而這種完美，何嘗不是一種最為徹底的瑕疵？

最讓黑帝斯無法接受的，就是他的這份「無法接受」……或許，也不過是人格程序所賦予的假象罷了。

他那冷硬又總是莫名其妙心軟得很想讓他掐死的主人，即使原本只是一具人偶，也無法改變他的每一吋皮膚、每一根頭髮都是身為人類的事實。

黑帝斯的身體一動也不動，如同靜謐的海面底下蘊藏激烈的漩渦，隨時都可能爆發，將這片脆弱的意識空間絞碎。

——記憶的畫面光芒閃爍。

十五歲的年紀，少年的身形已經長開了，五官雖是還帶點柔和稚嫩的味道，眉眼之間卻是帶著濃濃的堅毅。

白先生看著桌上的牛皮紙袋，指尖一下又一下，極富節奏性地敲擊著桌面。

「你決定要去上這所高中？」

「是。」白修宇筆直地對望白先生的視線。

白先生的嘴角兩旁浮現淡淡的笑紋，「這只是一所普通高中，你去那裡，沒有一點的挑戰性，好像不太適合你啊……」

「在我十八歲驗收成果的那一天，您可以給我最困難的挑戰。」他聲調毫無起伏地說，卻是對自己實力最有自信的表現。

白先生挑著眉點點頭，「你這孩子就是喜歡為難我，要想出最困難的挑戰可是很耗費腦力的一件事情呢……關於你十八歲的挑戰，你自己一個人嗎？還是說你的兩位騎士又打算幫忙了？」

白修宇毫不猶豫地說：「我自己一個人可以。」

白先生雙手的十指合在一起，有意無意地碰觸著下巴，「修宇，我親愛的孩子，我記得你去年也是決定自己一個人參加，並且還瞞著你那兩個朋友，但結果如何，我想你也看到了。」

似乎是想起去年的事情，白修宇的臉色變得不是那麼好看，語氣更是因此低沉了兩分。

「您那時候應該阻止他們的，只要您想，絕對可以做得到。」

白先生瞇起眼睛一笑，「李政瑜那個孩子說他是你的護衛，必須時時刻刻都跟在你的身邊才行；泉野隆一則是堅持說如果不答應他，那麼他會立刻返回日本，要求他的父親斷絕和白家之間的友誼。」

這全是藉口。

要是白先生真的想做，多的是手段制服李政瑜，而泉野家和白家之間的關係，也不是泉野隆一這個實際上還沒有任何權力的少主所能左右。

去年的那一次「驗收成果」，對於給李政瑜和泉野隆一帶來多麼大的打擊，白修宇可以說是一清二楚……肉體上的傷害並不可怕，精神上的傷害才是最令人恐懼的。

在那短短的兩天裡，李政瑜和泉野隆一一遍又一遍地殺死「白修宇」，即使早知道那些「白修宇」都不是他們的摯友，可是看著和摯友相同的臉孔無數次地死在自己的手中，不難想像這對他們造成多大的打擊。

「常聽人說患難見真情，這句話非常恰當的反應在你們三個人身上。在李政瑜和泉野隆一參與你的成果驗收之前，我已經告訴過他們將會面臨什麼，可是他們依然決定這麼做。事後雖然花了一點時間，但他們也很好的走了出來，並沒有糾結太久……呵呵，他們兩人的資質和心志遠超乎一般同年紀該有的優秀和堅強，真不愧是你所選擇的朋友呢。」

看著白修宇雙手暗暗緊握的拳頭，白先生嘴角的笑意加深。

「當然了，你最珍貴重要的朋友，怎麼能用什麼優秀不優秀，堅強不堅強這些市儈的理由來衡量呢？他們顯然也很清楚這一點，所以為了回報你的友誼，他們願意以生命做為代價。親愛的修宇，不必急著反駁我，你反駁我也沒有用的，畢竟事實很明顯了不是嗎？」

白先生撥弄著白修宇額前的碎髮，透過照射進來的陽光，細碎的髮絲在手指間折射出晶瑩的色澤。

「修宇，你的朋友是這麼的重視你，希望和你同甘共苦，所以我怎麼忍心讓他們失望？除非他們主動放棄，否則你下一次的成果驗收，我向你保證你仍然能夠看見他們的身影。」

「讓我痛苦……」白修宇深深呼吸，平復心情，「看到我痛苦，會讓你比較快樂嗎？」

白先生輕輕笑出聲，「我不是想看到你痛苦，我只是想知道到底是他們能夠安然無恙的保護你通過每一次的考驗，直到你坐上家主的寶座為止，還是在你坐上寶座之前，他們就被那群廢棄品給殺了……我這麼一點點的小小好奇心，你應該不介意滿足我吧？」

凝視著白先生的笑臉許久，他開口：「白先生，對您來說，李胤先生是什麼？」

「呵，李胤啊……你希望聽到我把他當作朋友的答案嗎？」語氣中夾雜的笑意是明顯的嘲諷，毫不顧慮那個隱藏在房間某處的男子。

——看不見，不代表不存在，尤其是以白先生為生命重中之重的李胤。

白修宇有些茫然地搖了搖頭，這個問題只是他突然想問就問了，也沒有期待能得到什麼比較正常的答案，白先生和李胤之間的是不對等的關係，也或者該說從來不存在著對等。前者理所當然地接受後者無條件的付出再付出；後者對此完全沒有一絲一毫的不滿與怨恨。

而李政瑜……是因為李家的血緣註定如此嗎？

不管是李政瑜還是李靖芸，無論受了多大的傷害，他們總是站在他的前面，盡其所能地為他遮風擋雨……

白修宇自被創造以來，第一次有這種後悔的情緒，他寧可李政瑜一直像小時候第一次見面時那樣敵視他，也不要李政瑜豁出性命保護他。

「我們是人也不是人，要是可以什麼感情都不要擁有，像個人偶一樣的活著也許比較輕鬆……」

眼中無法形容的情緒急速閃過，白修宇一臉平靜地說著。

「先生，我知道我不是純粹意義上的人類，但我不想變成另外一個您——我想當『白修宇』，哪怕最後我也將會瘋狂，我也希望我成為的是一個叫做『白修宇』的怪物。」

白先生嗤笑了一聲，「去一間普通高中唸書，這就是『白修宇』應該做的？」

「我只是想像個普通人一樣的生活……在我邁入最後的瘋狂之前。」

「我還以為你早就瘋了呢。」白先生靠近白修宇的臉龐，神色慈愛地說：「畢竟沒有一個普通人無時無刻都在想著殺死自己，不是嗎？」

「……我不否認，可是我還是想試著像一個普通人那樣活著。」

白先生彷彿理解似地點頭，將資料袋遞給白修宇，笑道：「好吧，我同意你去讀這所普通高中。」

雖然那群老傢伙手中掌握著一半的白家權力，但每一任少主人的教育都是由白家家主所執行，因此除了白修宇的生死之外，其他的事情白先生都能自由且隨意地決定。

「謝謝。」

白修宇道謝之後，隨即請求離開。每次面對白先生，他總會有種喘不過氣的窒息感，並非是白先生會帶給他壓力，而是看著白先生就是在看著他的未來。

就在白修宇迫不及待地轉身離開時，白先生低沉優雅的聲線慢悠悠地從他的身後傳來。

「在普通人的世界中生活，你並不會變得平凡，相反的，你只會覺得和他們格格不入，和他們相處在一起，你將會前所未有的清楚感覺到你就是一個異類。」

白修宇停下腳步。

「我和你，都只是披著一層人類外皮的怪物。」依舊低沉優雅的聲線，帶著溫和不變的笑意下了結論。

漫長得有如過了一個世紀，白修宇頭也不回地說：「我知道……可是對於我這麼一個披著人皮的怪物，還是有人願意交給我他們最為真摯的感情。」

——我想成為你的朋友，真正的朋友。泉野隆一面無表情地說著，然後以他的行動對白修宇展現出他的認真。

——我是你的護衛，更是你的朋友啊！李政瑜肆意張揚地笑著，這樣簡簡單單的一句話，卻是他情感最為真實的表現。

所以儘管他每一天都在質疑自己的存在，無時無刻都在渴求自我毀滅，他仍是會努力的活下去。所以儘管他不需要，也沒有資格，但他也會找到讓自己快樂、幸福的道路，畢竟這是他唯一能回應那兩位摯友期盼的方式。

「就算是一場連我自己都感到虛假可笑的戲劇，可是至少我曾經身在其中，試著努力過。」

停止的腳步再度邁出，白修宇推開了門。

門外，李政瑜手中拿著相同的入學資料，朝他綻放出一抹燦爛開心的笑容。

然後在不久的將來，他遇上了一個女孩，一個說如果他不喜歡她，那就只要盡情利用她的女孩。

似乎是全數播放完畢，散發點點光芒的記憶畫面消失，這片空間陷入伸手不見五指的黑暗。

從白修宇的記憶中，黑帝斯能夠判斷出直到現在，他的那位主人仍然不斷地自我質疑，會在情況允許之下放棄生命，但又會因為「友情」這種莫名其妙的東西，強迫自己活著。

悲哀。

白修宇因為友情而變得更像人類一點，同樣也因為友情苟延殘喘，在人類與怪物之間徘徊不定。

就跟他自己說過的一樣，要是能什麼感情都沒有，活得還比較輕鬆……可惜他無法放棄某些脆弱的人類，因此才會將自己陷入如此兩難的困境。

黑帝斯忽然意識到，他和他的主人不可思議地居然有一定程度上的相似。

一個是為了友情，努力想讓自己活得更像人類；一個是為了證明自己的優越，想要超越人類。

而他們同樣都對自我的存在懷疑，下意識地認為自己其實比不上人類。雖然黑帝斯絕對不願意承認這點。

「不……我是『黑帝斯』。」

黑帝斯緊抿的嘴唇揚起一抹幾不可見的弧度——他的主人有一句話說得很對，即使終將瘋狂，也會是一個叫做「白修宇」的怪物。

這何嘗不是另外一種對自我的肯定？只是他的主人其實不願意成為一個怪物而已。

但他不一樣。

他是黑帝斯，即使他現在的自我是被賦予的，不過他有一天將會超越人類、超越機械人形、超越創造他的科學家，甚至超越……

超越君王！

「我，會是最優秀的。」

而到了那一天，黑帝斯堅信站立於頂端之上的他，將無人有資格質疑他的存在。

現在的黑帝斯，也許對人類還抱有揮之不去的自卑，但他像是一艘航行在大海上的船隻，依照著航海圖的指示，駛向他唯一的目標。

「所以請醒來吧，我的主人。」

黑帝斯的聲音如同細雨拂風，溫柔地飄盪開來。

——醒來吧。

為了讓他跨出證明自己的第一步……

《機械人形‧王者降臨》全文完

敬請期待更精彩的《機械人形‧白家覆滅》

DEAD GAME 02

卷末附錄 01

設定集 Ⅲ

【MasterGame：主人對戰】進入新的境界，

王者與撒蒂雅叛軍的出現，整個遊戲揭開新的高潮。

這次設定集除了要介紹機械人形的技能，

還有「王者技能＆機甲技能」。

機械人形的技能：

拉切爾『預知筆仙』

拉切爾本身自帶的輔助系技能，發動形像是一面散發金色光芒的圓盤，可用於預測未來，但如果用於預測主人，且該主人實力大於江宸時，江宸便會遭受到「反噬」而重傷。

王者降臨：

帝國君王的技能之一，藉由「降臨」附身到能吟唱出君王真名的召喚者身上，並且能使用部分力量。

嵐翼三號機・喀薩：

維生醫療系統：

維生醫療系統與機甲分屬於不同區塊，即使機甲遭
破壞，只要駕駛艙完好，維生醫療系統在非戰鬥模
要偵測到駕駛座上有重傷、瀕死患者乘坐便會自主
但是無法治療源於身體產生的疾病。

機甲技能同步：

異世人與生俱來都會擁有一種技能，但是這種技能在平常無法使用，只能藉由機甲發揮，機甲的『技能同步』源於駕駛員的精神力。

DEAD GAME 02

卷　末　附　錄　02

後　記

《機械人形》之你不可不知的二三事

在這一集當中，陸續揭開了君王所謂「拯救子民情感的計畫」其實是謊言，就連黑帝斯等機械人形關於帝國的記憶，大多也都是捏造的——其實我真的超愛這種打翻前面說法的設定，上套書我就玩過一次了，然後這次又拿來玩了（囧）。

第三集揭露了第一集中出現的「主人遊戲」基本上就是一場騙局，然而君王花費如此大的心力製作出「主人遊戲」又是為了什麼？讓子民恢復情感，然後收復撒蒂雅叛軍，再接著突破空間征服其他世界？

然後在第三集中，也解釋了為何之前白修宇會說黑帝斯看似驕傲，但其實無比自卑的說法，因為機械人形原本就是源於人類所創造，如果沒有人類賦予，那麼機械人形就只是一樣巨型垃圾。

黑帝斯的可悲，就在於他連他的自卑都不曉得是真的，還是他的自卑是性格程式帶給他的；而又因為這份自卑，因此黑帝斯希望能夠證明自己才是最為優越的存在。

在本集黑帝斯做出了決斷——他將會證明自己能夠超越所有人，甚至包括君王，而哪怕這份想要證明自己的慾望也同樣來自性格程式的賦予，他相信只要自己踏上頂端，那麼就再也沒有人可以質疑「黑帝斯」的存在了。

白修宇是複製人的身分也在本集正式宣告。

白家，這個只描述過幾句的家族看似輝煌，但從白先生、白修宇等人來看，這個家族內部早已陰暗污穢，為了延續家族由原本「本體」所創造出的興盛，他們製造出了無數的複製人，然後從中選出一名最符合「本體」的替代品，其他的廢棄品則像垃圾一樣，隨意丟棄或抹殺。

而白家雖然選擇了複製人做為家主，但其實家主的權力也遭受到了限制，否則複製人的創造應該會被家主所中止才對。

白修宇因為被選擇下任家主的繼承者，因此從小就知道自己是個複製人，還是一個可以更換的替代品，甚至接受白先生的「教導」……

他不知道上一任的家主是如何「教導」白先生，但他隱約清楚，他終有一天也會變成另一個「白先生」，所以他選擇逃開白家，嘗試過平凡人的日子，只是這樣平靜的日子卻因被捲入「主人遊戲」而結束。

從開始至今，白修宇雖然獲得了超越常人的力量，但對他來說，他失去的遠比得到的更多，可是也只能惡性循環下去，為了替泉野隆一復仇。

君王的真正意圖究竟是什麼？黑帝斯真的能夠證明自己的存在嗎？白修宇又會為了追尋力量復仇而失去什麼？

請和我一起繼續期待之後的故事發展。

冰龍　於西元二〇一一年九月

機械人形是這樣來的

我卡稿了啦。
這一章無論如何都寫不出來啦。
呃，卡稿嗎？
我現在上線和你討論，你等等。
這次要用的名詞部份，
我怎麼樣都搞不清楚耶。
好啦，好啦，
已經幫你查了，
等等整理成表格寄給你喔。
這次販售會我有想要的不得了的新刊，
去幫我買嘛，這樣說不定我就能準時交稿。
全部都幫你買到了啦！
唔喔喔喔
擁擠…
擁擠…
警告你這次再拖稿絕對會給你死喔！
啊，這本幫你買的新刊好好看，讓給我！
編
自己去預定啦！

關於冰龍，你不可不知的：

！十個小祕密！

每天必須一杯梅子綠茶，不喝梅子綠茶就無法展開一天的生活，而且指定不加不加濃縮汁以及只放一顆梅子——由於幾乎是每天報到同一店家，店長一看到會立刻轉身去調飲料，然後可愛的打工MM就會笑著問我：一杯梅子綠，不加糖一顆梅子對嗎？

比起買瓶裝可樂，其實更喜歡去茶飲店買可樂，因為茶飲店的可樂都是玻璃瓶，感覺玻璃瓶裝的喝起來比塑膠瓶裝的好喝！而會有喜歡喝瓶裝可樂的習慣，在鑽石冰城養成的。從國中開始就吃它的雞排吃到現在，他們家的雞排在炸的，香味都會飄到幾十公尺外的我家這裡，讓我想殺死脂肪也忍不下心，然後買又會忍不住買可樂搭著一起邊吃邊喝……所以說我的小肚肚就是這樣養大的。

不知道是不是最近年紀大了的關係，小肚肚逐漸變成大肚肚……每次姊姊放假來的時候，都會說「有幾個月大了，小寶寶什麼時候生啊？」Orz……

：長這麼大了，可是從來沒有辦過信用卡，因為以前想辦的時候，聽人家說辦了用卡就會忍不住一直花錢，所以相信著這句話，儘管信用卡真的很方便，但卻一撐著不去辦，如果真的有不得不用信用卡的時候，就會斜眼望姊姊。>w<

：很喜歡看恐怖片，但又很膽小，所以絕對不去電影院看大螢幕，大多是去租片。我從國中開始固定會去的租書店，就有提供不少片子（在霹靂還沒進入全家的路時，我也是在他們家借片，一直以來受老闆和老闆娘照顧良多，今年中秋節因我家沒烤肉，所以老闆娘還拿了好多他們家的烤肉給我和姊姊吃，感受中秋節的圍>w<），而且每次到了覺得恐怖鏡頭要出來的時候，就會使盡方法不去看，例如頭、把頭藏進抱枕、藉故上廁所……（看恐怖片時最喜歡觀察某人的反應 by姊姊）樣從國中開始，我固定會去的租書店，也有在租片子喔！

6：大愛霹靂布袋戲（這個絕對不是秘密囧），不過霹靂布袋戲雖然是每個禮拜都會買，但通常是買來之後就放著忍住不看，一定要積了好幾片才會看，然後一整天都坐在電視機前面看霹靂～這才是幸福的人生啊！

7：在寫稿子的時候喜歡聽歌，聽的歌通常是霹靂布袋戲的配樂，寫打架場面的時候喜歡聽武戲歌曲，寫悲傷場面的時候喜歡聽抒情歌曲（例如黃妃姐的《相思聲聲－霹靂版》）……霹靂已經成為我生活的一部份了！

8：幾乎每天都上網拍，然後網拍的關鍵字通常只查兩個──「霹靂（空格）同人」、「布袋戲（空格）同人」……就怕哪一天沒上網拍，然後剛好有想收的本被別人買走，那會是多麼茶几的事情啊QAQ

9：我寫文的構思通常來自小說動漫畫等等，但很多角色的起源都是來自霹靂布袋戲，例如上套書《D‧異變》最廣為讀者喜愛的夏宇，便是起源於霹靂封靈島中的主要角色──兵燹。機械人形也有幾個很喜歡的角色是起源於霹靂布袋戲喔，如果親愛的讀者同是道友的話，不妨試著猜猜看喔^^

10：我有個偉大的夢想，如果我能活到九十九歲才死，那我希望霹靂布袋戲能夠歷久不衰，讓我到死都能看著霹靂布袋戲= =bbbb

自己的天空，自己做主！
更多專屬好康優惠&精彩書訊
是
否

☞您在什麼地方購買本書？☜

□便利商店＿＿＿＿＿□博客來　□金石堂　□金石堂網路書店　□新絲路網路書店

□其他網路平台＿＿＿＿＿□書店＿＿＿＿＿市／縣＿＿＿＿＿書店

姓名：＿＿＿＿＿地址：＿＿＿＿＿＿＿＿＿＿＿＿＿＿＿＿＿＿＿＿＿＿＿＿＿＿＿

聯絡電話：＿＿＿＿＿電子郵箱：＿＿＿＿＿＿＿＿＿＿＿＿＿＿＿＿＿＿＿＿＿＿

您的性別：□男　□女

您的生日：＿＿＿＿＿年＿＿＿＿＿月＿＿＿＿＿日

（請務必填妥基本資料，以利贈品寄送）

您的職業：□上班族　□學生　□服務業　□軍警公教　□資訊業　□娛樂相關產業

□自由業　□其他＿＿＿＿＿＿

您的學歷：□高中（含高中以下）　□專科、大學　□研究所以上

☞購買前☜

您從何處得知本書：□逛書店　□網路廣告（網站：＿＿＿＿＿＿＿）　□親友介紹

（可複選）　□出版書訊　□銷售人員推薦　□其他

本書吸引您的原因：□書名很好　□封面精美　□書腰文字　□封底文字　□欣賞作家

（可複選）　□喜歡畫家　□價格合理　□題材有趣　□廣告印象深刻

□其他＿＿＿＿＿＿＿＿＿＿

☞購買後☜

您滿意的部份：□書名　□封面　□故事內容　□版面編排　□價格　□贈品

（可複選）　□其他

不滿意的部份：□書名　□封面　□故事內容　□版面編排　□價格　□贈品

（可複選）　□其他

您對本書以及典藏閣的建議＿＿＿＿＿＿＿＿＿＿＿＿＿＿＿＿＿＿＿＿＿＿＿＿＿

＿＿＿＿＿＿＿＿＿＿＿＿＿＿＿＿＿＿＿＿＿＿＿＿＿＿＿＿＿＿＿＿＿＿＿＿＿＿

＿＿＿＿＿＿＿＿＿＿＿＿＿＿＿＿＿＿＿＿＿＿＿＿＿＿＿＿＿＿＿＿＿＿＿＿＿＿

✌未來您是否願意收到相關書訊？□是　□否

✍感謝您寶貴的意見✍

✌From＿＿＿＿＿＿＿＿＿＿＿@＿＿＿＿＿＿＿＿＿＿＿＿＿＿＿＿

♦請務必填寫有效e-mail郵箱，以利通知相關訊息，謝謝♦

印刷品

$3.5

請貼
3.5元
郵票

不思議信箱
FUSIGI POST

235 新北市中和區中山路二段366巷10號10樓

華文網出版集團　收

（典藏閣－不思議工作室）

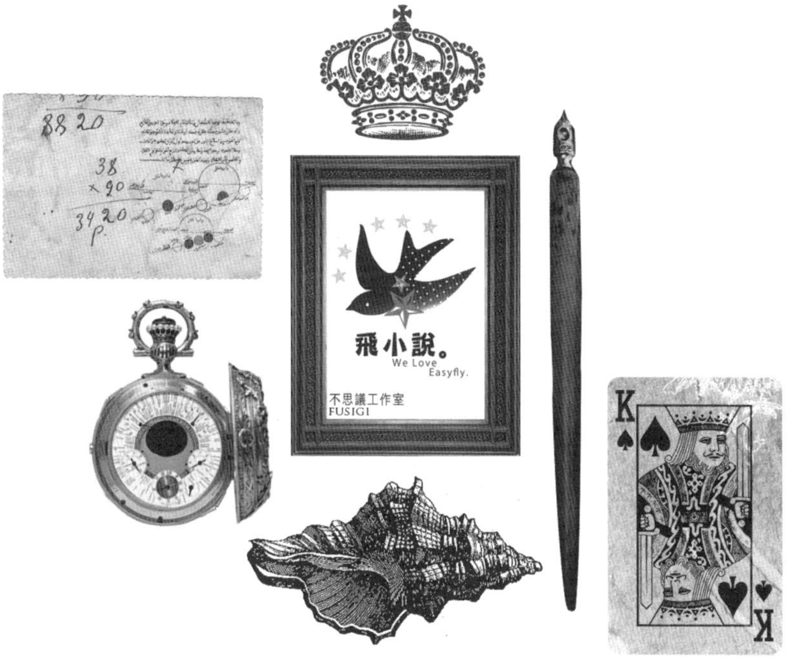

不思議工作室

「年輕、自由、無極限」的創作與閱讀領域

為什麼提到奇幻的經典，就只會想到歐美小說？
為什麼創意滿分的幻想作品，就只能是日本動漫？
為什麼「輕小說」一定要這樣那樣？

站在巨人的肩膀上，是為了看得更遠。
讓我們用自己的力量，打造屬於自己的文化！

不思議工作室，歡迎各式各樣奇想天外的合作提案。
來信請寄：book4e@mail.book4u.com.tw

不論你是小說作者、插圖畫家、音樂人、表演藝術工作者……
不管你是團體代表，還是無名小卒。
不思議工作室，竭誠歡迎您的來信！
官方部落格：http://book4e.pixnet.net/blog

我們改寫了書的定義

董 事 長　王寶玲

總 經 理　兼　總編輯　歐綾纖

出版總監　王寶玲

印 製 者　和楹印刷公司

法人股東　華鴻創投、華利創投、和通國際、利通創投、創意創投、中國電視、中租迪和、仁寶電腦、台北富邦銀行、台灣工業銀行、國寶人壽、東元電機、凌陽科技(創投)、力麗集團、東捷資訊

◆台灣出版事業群　新北市中和區中山路2段366巷10號10樓

TEL：02-2248-7896

FAX：02-2248-7758

◆倉儲及物流中心　新北市中和區中山路2段366巷10號3樓

TEL：02-8245-8786

FAX：02-8245-8718

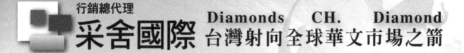

機械人形/冰龍作. -- 初版.　一新北市：
華文網，2011.06-
冊；　　公分. --(飛小說系列)
ISBN 978-986-271-129-3(第3冊：平裝). ----

857.7　　　　　　　　　　100007740

王者降臨

機械人形

飛小說系列011

機械人形03-王者降臨

出版者■典藏閣
作　者■冰龍　　繪　者■巴拉圭毛虫Chi
總編輯■歐綾纖
製作團隊■不思議工作室
郵撥帳號■50017206 采舍國際有限公司（郵撥購買，請另付一成郵資）
台灣出版中心■新北市中和區中山路2段366巷10號10樓
電　話■(02)2248-7896　傳　真■(02)2248-7758
物流中心■新北市中和區中山路2段366巷10號3樓
電　話■(02)8245-8786　傳　真■(02)8245-8718
ISBN■978-986-271-129-3
出版日期■2011年10月
全球華文國際市場總代理／采舍國際
地　址■新北市中和區中山路2段366巷10號3樓
電　話■(02)8245-8786　傳　真■(02)8245-8718
新絲路網路書店
地　址■新北市中和區中山路2段366巷10號10樓
網　址■www.silkbook.com
電　話■(02)8245-9896
傳　真■(02)8245-8819